그녀의 편지

번역공방 　권민정 서효진 안인선 오연용 우경아

그녀의 편지

인쇄 · 2021년 9월 10일
발행 · 2021년 9월 17일

지은이 · 케이트 쇼팽
옮긴이 · 여국현
펴낸이 · 한봉숙
펴낸곳 · 푸른사상사

주간 · 맹문재 | 편집 · 지순이 | 교정 · 김수란, 노현정 | 마케팅 · 한정규
등록 · 1999년 7월 8일 제2-2876호
주소 · 경기도 파주시 회동길 337-16 푸른사상사
대표전화 · 031) 955-9111(2) | 팩시밀리 · 031) 955-9114
이메일 · prun21c@hanmail.net
홈페이지 · http://www.prun21c.com

ⓒ 여국현, 2021

ISBN 979-11-308-1823-8 03840
값 16,900원

케이트 쇼팽 단편집

그녀의 편지

—

여국현 옮김

Her Letters_ Kate Chopin

푸른사상
PRUNSASANG

차례

사랑의 힘

1

'오늘 아침에 폴린을 보면 그녀가 매력적인 여성이란 걸 알게 될 걸세. 그 방에서 단연 최고로 멋진 여성이고, 자네의 관심과 배려를 받을 만한 유일한 사람일 걸세.'

이 말은 돈 그레이엄이 함께 단장을 하던 친구 페버햄의 마음에 심어준 암시였다. 그레이엄은 젊은 대학교수로 심리학 연구에 심취해 있었다. 그는 최면술 모임에 여러 차례 참석하여 결코 만만하게 볼 수 없는 최면술 능력을 얻게 된 후 종종 그 최면술을 성공적으로 발휘했는데 특히 친구인 페버햄에게 효과가 두드러졌다. 아침에 잠에서 깬 페버햄은 자신의 검정 상의가 선명한 진홍색을 띠고 있는 것을 알면서도 불평 한 번 하지 않았고, 심지어 그처럼 튀는 옷을 입고 뭇사람들 앞에 모습을 드러내는 일도 주저하지 않았다. 그저 그레이엄에게 전화를 걸어 한마디 했을 뿐이었다.

"이봐! 젠장! 망할 멍청이 같으니라구! 내 외투에 장난질 좀 그만 하게!"

가끔은 이렇게 말한 적도 있었다.

"이봐! 내가 목욕 못 한 지 이틀이나 된다구!" 아니면 "커피 맛이 또 이상하게 변했네! 빌어먹을! 당장 그만두지 못하겠나!"

전화기 반대편에 있는 일단의 교수들은 과학적 실험의 성공을 맛본 적 없는 사람들은 거의 이해할 수 없는 어떤 만족감에 감격했을 것이다.

페버햄 본인은 근면한 성품을 지닌 사람은 아니었다. 그는 풍족한 돈과 넘치는 매력을 아낌없이 베풀어 여자들뿐만 아니라 남자들 사이에서도 인기가 많았다. 그가 언제나 당연하게 행사하는 특권이 하나 있다. 사람이건, 장소건, 물건이건 지루하다 싶으면 절대 가까이 하지 않는 것이다. 그런 사람 가운데 친구인 그레이엄의 약혼녀 폴린이 있었다. 갈색 피부에 솜털처럼 부풋한 머릿결, 안경을 걸친 아담한 체구의 아가씨인데 대단한 열정과 에너지로 정신과 관련된 문제들을 집요하게 파고들고 있었다. 특히 예술에 대한 '지대한 관심'을 지닌 그녀는 엄밀한 과학의 정신으로 연구하고 수학적 자료 일람표를 작성해가며 원하는 것을 하나하나 얻어갔다. 그녀는 페버햄이 싫어하는 유형의 여자였다. 그는 평정심을 잃지 않는 그녀의 침착한 태도가 못마땅했으며, 요염하지도 않고 매혹적이지도 않은 데다 여성 특유의 부드러움도 없는 그녀에게 늘 거부감이 있었다. 그녀와 그레이엄, 둘이 천생연분이라고 생각했지만 그 친구가 안됐다는 마음이 드는 것은 어쩔 수 없었다. 그러다 보니 페버햄은 폴린을 피하는 것은 물론 예의에 어긋나지 않는 수준에서 거의 본능적으로 그녀를 무시했다.

페버햄과 그레이엄은 유쾌하고 흥미로운 사람들이 모여 10월을 즐기고 있는 '시더 브랜치'에 내려와 있었다.

그 특별한 10월의 월요일 아침, 그레이엄은 업무를 보러 시내로 돌아가려는 중이었고, 페버햄은 지루하지 않게 보낼 수만 있다면 브랜치에 더 머물 셈이었다. 쾌활하고 취향이 맞는 아가씨들이 수두룩해서 즐거운 시간을 함께 보낼 수 있고 낚시나 수영, 드라이브도 썩 마음에 들었다.

거울 앞에서 스카프 넥타이를 매던 그레이엄에게 문득 자신이 2주 동안 자리를 비운 사이 폴린이 음울한 시간을 보내지 않을까 하는 불안이 엄습했다. 나비 수집이 취미인 독일 아가씨 말고는 그녀와 가까이 어울려 지낼 만큼 마음이 잘 통하는 사람이 없었다. 그레이엄은 페버햄이 주도적으로 이끌어갈 드라이브와 요트 타기, 댄스와 같은 오락거리들을 떠올렸다. 거기 함께 어울리다 보면 페버햄에게 전혀 관심의 대상이 아니었던 폴린이 매력적인 아가씨로 비칠 수도 있지 않을까 하는 생각이 들었다. 그는 그런 속마음은 감춘 채 부츠 끈을 묶고 있는 페버햄에게 다가가 손을 얹으며 속으로 말했다. '오늘 아침 식사 시간에 폴린을 보면 그녀가 매력적인 여성이란 걸 알게 될 걸세. 그 방에서 단연 최고로 멋진 여성이고, 자네의 관심과 배려를 받을 만한 유일한 사람일 걸세.'

그레이엄과 페버햄이 들어갔을 때 그 넓은 식당에는 이미 많은 사람들이 모여 있었다. 몇몇 일행은 서서 이야기를 나누고 몇몇은 이미 자리를 잡고 앉아 있었다. 폴린은 창가에서 편지를 읽고 있었다. 그녀는 한시바삐 친구에게 편지의 내용을 알려주고 싶어서 인사도 건성건성 대충 하고 편지 내용을 확인하는 데 폭 빠져 있었다.

그 편지는 한 미술상이 보낸 것으로 그녀를 위해 입수한 '전형적인 초기 플랑드르 작품'에 관한 것이었다. 폴린은 자신의 모든 노력을 다 기울여 정확하고 꼼꼼한 태도로 다양한 '유파'와 '시기'의 회화 모작들을 수집하고 있었다.

그동안 유별나게 공들여 찾고 있던 이 '초기 플랑드르 작품'을 손에 넣었다는 것을 안 그녀의 마음은 들떠 있었다. 그레이엄이 그녀 옆에 앉았다. 이내 두 사람은 오트밀을 먹으면서 머리를 맞대고 심리학과 회화에 대해 수다를 떨었다. 페버햄은 맞은편에 앉아 있었다. 그는 계속 그녀를 바라보았다. 옆에 있는 테니스 걸과 이야기를 나누면서도 그의 귀는 폴린이 하는 말을 향해 쫑긋 열려 있었다.

"에드몬드 양." 그녀의 주의를 끌 요량으로 그가 불쑥 몸을 앞으로 내밀며 말을 걸었다. "우리 모두 다시 시내에서 모일 때 그레이엄한테 당신도 꼭 제 아파트로 데려다달라고 하세요. 제가 지난여름 스코틀랜드에서 구한 글래스고 화가들이 그린 그림 몇 점과 색이 좀 옅은 호넬의 작품 같은 자그마한 페르시안 태피스트리를 가지고 있지요. 당신이 그것들을 보면 기뻐할 것 같아요." 폴린은 놀라움과 기쁨으로 얼굴이 발그레 상기되었다. 테니스 걸은 뒤로 물러나 그를 빤히 쳐다보았다. 골프 걸은 테이블 저 끝에서 그를 향해 작게 뭉친 단단한 빵 조각을 던졌다. 그레이엄은 겉으로는 미소를 지었으나 속으로는 쾌재를 부르며 머리에 담아두었다.

페버햄은 식사하는 내내 식탁 맞은편에 앉은 폴린과 활발한 대화를 나누면서 속으로 생각했다. '저 부드러운 갈색 피부는 얼굴과 눈하고 어쩌면 저렇게 잘 어울릴까! 안경 뒤의 저 눈은 또 얼마나 다정한가! 저 그윽함! 저 생기! 꾸미지 않고 자연스럽게 우러나오는 저 태도보다 더 매혹적인 것이 있을까? 게다가 놀랍도록 눈부신 지성까지! 실로 놀랍군! 어떤 사내라도 열정을 불사르게 만들겠어.' 그레이엄이 자신의 실험이 성공한 것을 축하할 만했다.

하지만 식탁에서 일어난 페버햄이 폴린에 대해서는 더 이상의 관심을 보이지 않고, 테니스 걸과 함께 어슬렁어슬렁 걸어나가는 것을 본 그는 경악했다.

'아니, 어떻게 이럴 수 있지?' 그레이엄은 궁금했다. '아하! 그래, 맞다! 아침 식사 때 폴린을 만나면 그녀가 멋지고 매력적이라고 생각하도록 암시를 줬지. 효과를 보려면 최면을 다시 걸어야겠군.'

그레이엄이 작은 여행가방과 물건들을 챙겨들고 떠날 때, 폴린은 사방으로 웅장하게 펼쳐진 집에서 꽤 떨어져 있는 대문까지 함께 걸어갔다. 두 사람이 벌써 낙엽으로 뒤덮인 자갈길을 따라 걸을 때 그는 별나다 싶을 정도로 완고하게 침묵에 빠져 있었다. 폴린이 의아한 듯 그를 올려다보았다.

그가 입을 열었다. "내 사랑, 나는 당신이 온통 나에게만 집중했으면 좋겠어요. 당신 마음의 모든 에너지를 나한테 보내고, 내 마음의 암시가 이끄는 대로 따라와요." 골프 걸이라면 그런 말을 하는 사람의 정신 상태에 대해 의문을 가졌을지 모른다. 하지만 폴린은 아니었다. 그녀는 그에게 익숙해져 있었다. 그가 가려고 물러나면서 근처에 있던 페버햄과 악수를 할 때, 그녀는 가능한 한 자신의 정신을 그의 의도에 맡긴 채 마음속 생각을 다 털어내고 텅 비웠다. 그레이엄이 페버햄의 손을 잡고 악수를 나눌 때 그가 페버햄에게 순식간에 주입시킨 암시는 대충 이랬다.

'폴린은 매력적이고 지적이며 정직하고 성실해. 그녀의 속 깊은 성품은 알아볼 만한 가치가 있지.' 그런 다음 그는 폴린과 정문까지 말없이 함께 걸어가서 서로의 손을 꼭 잡은 뒤 정문 앞에서 헤어졌다.

그는 길을 따라 내려가면서 뒤를 돌아보았다. 폴린은 이미 발길을 돌려 집에 거의 도착하고 있었다. 페버햄은 테니스 그룹을 내팽개친 채 잔디밭을 가로질러 그녀를 맞으러 오고 있었다. 그레이엄은 새로운 암시들을 마음에 새기면서 등을 토닥이듯 스스로를 칭찬했다.

2

며칠 후 폴린이 그레이엄에게 보낸 편지에는 이렇게 쓰여 있었다.

르네상스에 대한 기록을 아직 시작도 못했어요. 지금쯤이면 벌써 끝냈어야 하는데 말이죠! 정말 야단맞아도 싸요. 하지만 저를 용서해주길 바라요. 사실이지 전 정말 게으른 여자예요. 정말 부끄러워요. 당신이 친구 페버햄 씨에게 저한테 관심을 가져달라고 부탁한 게 틀림없어요. 제가 심심할까 봐 걱정됐어요? 친절한 마음이긴 하지만 잘못하셨어요, 당신. 그분 때문에 버리는 시간이 너무 많아요. 오늘 아침만 해도 그래요. 언제 끝날지도 모를 메모를 시작하려고 하는데 글쎄 커다란 단풍나무 아래서 테니슨의 시를 읽어주겠다고 나가자는 거지 뭐예요. 겨우 설득해서 브라우닝 시로 바꾸도록 했지요. 시간을 그렇게 낭비하는 걸 막아야 했다구요! 그런데 그분은 정말 시를 잘 읽어요. 목소리는 노래를 부르는 듯 아름다운 데다 감미롭고 얼마나 지적인지요. 그분은 우리가 사랑하는 브라우닝의 아름다움과 통찰력, 그리고 철학에 놀라워했어요. '그동안 어디 계셨어요?' 제가 좀 놀라서 그에게 물었어요. '오! 좋은 친구들하고 어울렸지요.' 그분이 그러더군요. '하지만 불멸의 존재를 찾아가는 당신의 여행에 저도 함께 데리고 가 주시겠지요?' 하지만 아직 틴토레토* 작품을 다루는 릴리엔탈의 글을 본 적이 없다면 이걸로도 충분해요.

총총.

얼마 후 그녀는 이렇게 편지를 보내왔다.

제가 점점 경박해지고 있어요. 지난밤엔 정말 열심히 춤까지

---

* 틴토레토(Tintoretto, 1518~1594) : 이탈리아 출신의 화가로 산 조르조 마조레 성당에 있는 〈최후의 만찬〉 등의 작품이 있다. -옮긴이

췄다니까요! 당신은 제가 춤출 수 있다는 건 몰랐죠? 오, 사실 전 춤출 줄 알아요. 두 해 전 겨울 '예절과 풍속' 수업 중 춤의 역사 시간에 멋진 스텝을 몇 배웠거든요.

일주일 뒤, 그녀의 편지는 이랬다.

저는 지적인 과정을 통하지 않고 한 사람에게서 다른 사람에게 전해지는 기쁨과 감정에 대해서는 회의적인 편이지요. 어젯밤인지 그제 밤인지 모르겠는데 야릇한 느낌을 받았답니다. 10월치고는 따뜻했어요. 달은 크고 밝게 빛나고 있었어요. 페버햄 씨가 저를 배에 태워 나섰는데 웬일인지 의아할 정도로 보통 때보다 더 오래 바다에 머무르는 거예요. 깊은 밤이었고 사방은 몹시 고요했어요. 물살을 가르는 보트에 부딪히는 작은 파도소리와 이따금 돛이 펄럭이는 소리만 들렸지요. 해안에서 바람에 실려 온 소나무와 전나무 향이 강렬했어요. 제가 꼭 어디 다른 시대, 다른 장소에 있는 타인처럼 느껴졌어요. 이제까지 제 삶의 본질을 이루고 있던 모든 것들이 멀리멀리 사라지고 현실이 아닌 것 같았어요. 모든 생각과 야망, 그리고 힘이 다 사라졌어요. 저는 거기 그 물 위에서 영원히 머물며 아무 근심 없이 흘러흘러가고만 싶었어요. 이제야 알 것 같아요. 그 모든 경험은 감각을 통해서 얻는 것이니 믿어서는 안 된다는 것을요.

2주가 끝나갈 무렵 도착한 그녀의 짧은 편지는 기이하고 두서없이 횡설수설하는 통에 그레이엄은 이해할 수가 없었다.

당신은 너무 오래 떠나 있어요. 당신이 필요하다는 걸 느껴
요. 적어도 나 스스로 나를 설명하기 위해서라도 말예요. 지적
인 단련으로는 도저히 맞설 수 없는 어떤 힘들이 우리 삶에 존
재하는 것 같아 두려워요. 왜 우리는 감정에 휘둘리게 되는 것
일까요? 꿈에도 상상 못한 뜻밖의 실존적 신비와 맞닥뜨려 싸워
야 할 때 정작 책에서는 어떤 무기도 찾아낼 수 없다면 책이 결
국 무슨 소용일까요? 오, 그대여! 부디 돌아와서 이 모든 것들을
해결할 수 있도록 저를 도와주세요.

편지를 받은 그레이엄의 마음이 혼란스럽고 불편했다.

3

그레이엄은 자신의 연인을 되찾아야겠다는 일념으로 브랜치로 돌
아왔다. 그는 자신의 실험이 성공한 것에는 만족했다. 그러나 그 실
험은 또한 그가 믿었던 것과는 다른 의미로 폴린에게 도움이 되는
전환을 가져오고 말았다. 그는 모든 상황이 이전으로 되돌아오면
'그녀가 정말 매력적인 여인이라는 걸 알게 될 걸세'라고 자신이 페
버햄에게 주입했던 암시를 깨끗이 지우리라 생각했다.
그녀에 대한 그레이엄의 사랑이 맹목적이고 열정적이며 확고한
것이었다면, 아마 자신이 직면하게 된 난감한 상황 변화에도 불구하

고 원래 의도대로 했을 것이다.

"스쳐 지나가는 열병일 거예요." 그녀는 애처로운 태도로 솔직하게 인정했다. "저도 모르겠어요. 이런 기분을 느껴본 적이 없어요. 제가 한 약속을 지키는 것이 최선이자 가장 현명한 처사라고 당신이 생각하신다면, 그러길 원하신다면 저는 약속을 지킬 준비가 되어 있다는 걸 아시게 될 거예요. 하지만 당신도 이미 알고 계시겠지만 이렇게 되어버린 이상, 제 마음이 온통 변하고 있다는 사실을 당신에게 말씀드리지 않을 수 없어요. 저는, 저는 때때로, 아! 저는 그분을 사랑해요!"

대부분의 여성들은 결정적인 고백을 하는 순간에 얼굴을 가리고 만다. 하지만 지금 그녀는 그러지 않았다. 그녀는 똑바로 앞을 응시했다. 두 사람은 페버햄이 그녀에게 브라우닝의 시를 읽어주었던 커다란 단풍나무 아래 앉아 있었다. 날은 이미 어둑하게 저물기 시작했다. 그녀의 얼굴에는 그가 이전에 한 번도 본 적 없는 환한 빛이 어려 있었다. 그가 한 번도 밝혀본 적 없었던 찬란한 빛이었다. 그 빛은 그가 한 번도 도달하지 못했던 그녀의 깊고 깊은 영혼 속에서 환하게 비쳐오고 있었다.

그는 그녀의 자그만 손을 잡고 가만히 어루만졌다. 그의 손은 차갑고 축축했다.

"당신은 자유로워요. 내게 했던 그 어떤 약속에도 전혀 얽매일 필요가 없어요. 괴로워하지 말아요. 조금도 개의치 말아요." 달리 무슨 말을 하겠는가. 물론 더 많은 이야기를 할 수도 있었겠지만, 부질없는 일 같았다. 거기 그렇게 가만히 앉아서 그는 자신이 품었던 희망, 약간의 계획, 꿈꾸던 그림들, 생각들을 내려놓으며 온몸으로 이별의 고통을 겪고 있었다.

그녀 또한 아무 말이 없었다. 사랑은 이기적인 것. 그녀는 자유의 환희를 맛보며 만병통치약처럼 사용되는 흔하디흔한 상투적인 말로 이미 상처받은 영혼에게 더 큰 고통을 안기고 싶지 않았다.

그레이엄을 괴롭히는 것은 이별의 고통만이 아니었다. 그가 페버햄에게 주입했던 암시가 어떻게 유지되었고 또 어떻게 지속될 것인가? 페버햄이 여전히 그 최면의 영향 아래 있다는 것은 의심할 여지가 없었다. 그레이엄은 그를 다시 만나자마자 그 사실을 바로 알아챘다. 하지만 이제 그 암시는 그의 통제를 벗어난 것 같았다. 그 결과를 생각하니 몸서리가 쳐졌다. 그가 받아들일 수 있는 것은 단 하나 그 최면이 효력을 상실하는 것이었다. 이젠 그저 멀찍이 떨어져 언제나 그렇듯 그 실험이 저절로 해결되도록 내버려두는 수밖에 달리 방법이 없었다. 그날 밤 페버햄이 그에게 말했다.

"이보게 친구, 난 아침에 떠날 거네. 난 끔찍이도 좋은 친구지. 자네가 그걸 알아주기만 한다면 말일세. 부끄럽게 일일이 설명하지는 않겠네. 우리가 다시 시내에서 만나게 되면, 그때는 내 마음이 충분히 정리되어 정신적이든 도덕적이든 어떤 일탈을 이해할 수 있으면 좋겠네. 아니, 아니 지금 내가 도대체 무슨 말을 하는 건지!"

"나도 아침에 떠날 거라네." 그레이엄이 대답했다. "폴린과 나는 함께할 운명이라고 흔히들 핑계 대는 생각이 같거나 마음이 일치하는 그런 사람들이 아니라는 사실을 깨달았다고 자네에게 말해주는 게 좋을 것 같네. 자네가 괜찮다면 아침에 같이 시내로 갈 수도 있네."

4

몇 달 후 페버햄과 폴린은 결혼했다. 두 사람의 결혼은 젊은 교수의 마음을 꿰차고 들어와 하루하루를 견딜 수 없게 만드는 어떤 뒤틀린 의혹이 정점에 이른 순간이었다. '만약에, 만약에, 만약에!' 라는 말이 그의 머릿속에서 계속 윙윙거렸다. 일하는 동안에도, 걷거나, 쉬거나 책을 읽을 때도, 심지어 잠을 잘 때에도 밤새도록 그 생각은 멈추지 않았다.

그는 페버햄이 지금은 자기 아내가 된 여인을 한때 싫어했지만, 어떤 힘에 의해 그 반감이 완전히 사라졌다는 사실도 깨달았다. 그는 그 힘의 한계를 아직까지도 알지 못했고, 가능성에 대해서도 완전히 무지한 상태였으며, 그 힘의 미묘한 작용은 그의 능력으로는 통제할 수 없는 것이었다. '그 최면은 얼마나 지속될까?' 이 생각이 그를 괴롭혔다. 페버햄이 어느 날 아침 잠에서 깨어나 옆에 있는 여자가 혐오스러워지면 어떻게 될까! 그의 열정이 눈치채지 못할 정도로 서서히 사라져 그녀가 비참한 상태로 파멸된 채 전율하며 삶의 마지막 날까지 비통하게 살아야 한다면!

그들이 결혼하고 몇 달 동안 그는 두 사람을 자주 찾았다. 두 사람을 알고 있는 사람들은 그들의 결혼이야말로 이상적인 결합이라고 했다. 분명 사람들의 말이 옳았다. 무의식적인 충동들이 누그러지고 서로서로 맞춰가면서 두 사람은 분명히 시인들이 꿈꾸는 이상적인

'하나'가 되어가고 있었다.

그레이엄은 그들과 함께 있을 때, 고양이처럼 은밀하고 세심하게 그들을 지켜보았다. 그들이 서로에게 덜 열중했더라면 그런 낌새를 눈치채고 화라도 낼 만했다. 그들 곁에서 잠시 떨어질 때는 언제나 일시적일 위안, 즉 불붙은 퓨즈가 아직 지하실에 쌓여 있는 다이너마이트에 도달하지 않은 것에 감사하는 그런 심정이었다. 그러나 불안 불안해하면서 지켜보는 일이 더는 견디기 힘들 정도가 되었을 때 그는 암시를 완전히 지우리라 마음먹고 한두 번 그들에게 가기도 했다. 그렇게 됐을 때는 어떻게 되는지 확인하고 그 일을 완전히 끝낼 작정으로 말이다. 하지만 여전히 그들이 서로 공감하며 만족해하는 것을 보자 그의 결심은 얼어붙었고, 그들에게 갔을 때처럼 여전히 의혹과 극심한 불안에 사로잡힌 채 돌아왔다.

걱정하며 지내는 걸 견딜 수 없는 지경에 이른 어느 날 그레이엄은 이 모든 것에 대해 심사숙고해서 마침내 결론을 내렸다. 그날 저녁 그는 6개월 전에 페버햄에게 걸어놓았던 암시를 없애버리기로 결심했다. 만약 그렇게 할 수 있다면, 자신이 최선이라고 생각하는 새로운 암시를 쉽게 걸 수 있을 것이다. 그런데 페버햄의 환상이 결국 깨져야만 하는 것이라면, 당장 그래서 안 될 까닭이 어디 있는가. 그들이 신혼일 때, 폴린의 사랑이 습관처럼 너무 굳어버리기 전에, 그리고 그레이엄 자신이 그녀의 지성과 상상력에 위안이 될 정도의 옛 영향력은 아직 유지하고 있을 동안에 말이다.

그날 밤 그레이엄은 폴린의 변화를 그 어느 때보다도 분명하게 알아차렸다. 식탁에 함께 앉은 그들 모습에서 특히 폴린을 자주 지켜보았지만 그게 뭔지 딱히 말하기 힘들었지만 이제 알 것 같았다. 그녀는 아름다운 여인이 되어 있었다. 화사한 얼굴은 눈에 띄게 잘 어울리도록 다듬은 갈색 머리로 인해 한결 부드럽고 아름답게 느껴졌다. 커다란 안경 대신 걸친 자그만 코안경은 이전의 학생 같던 분위기를 깨끗이 지우고 한눈에 확 띄는 아주 매력적인 모습으로 그녀를 바꿔놓았다. 드레스는 남편의 지갑이 허용하는 만큼 고급스러웠고, 몹시 우아하고 은은한 드레스 색은 말로 표현할 수 없을 정도로 보기 좋게 어울려서 그녀는 물론 그녀를 둘러싼 주변까지도 단연 두드러져 보이게 해주었다.

그레이엄은 이 작은 가정에 매우 중요하고 가치 있는 일원으로 한 자리를 차지하고 있는 것 같았다. 물론 그는 두 사람이 이룬 이 가정에 대해 적잖은 책임을 통감하고 있었다. 그날 밤 그는 만족할 줄 모르는 불가항력의 신을 향해 과학의 제단 위에 소중한 대상을 제물로 바치기 직전의 늙은 족장 같은 느낌이 들었다.

그레이엄 자신이 한때 마음껏 휘둘렀던, 독을 가득 품은 미지의 파충류처럼 자신을 물어 상처 입혔던 그 힘을 한 번 더 사용할 적기로 그는 즐거운 식사 시간을 피해 늦은 밤을 선택했다.

그들은 다 꺼져가면서 발갛게 빛을 내다가 이따금 불길을 내뿜는 화롯불 앞에 앉아 졸고 있었다. 조금 전까지만 해도 페버햄은 일인용 등불 옆에서 소리 내어 책을 읽고 있었는데, 부드러운 구절들이 마치 향유처럼 그들의 영혼에 스며들어 두 사람은 이야기를 나누며 장황한 토론을 하기보다는 위무받는 마음으로 고요한 사색에 빠져들었다. 새빨간 잉걸불을 바라보는 그의 손에 여전히 책이 들려 있었다. 거센 비바람이 창문을 두드려대고 있었다. 그레이엄은 푹신푹신한 흔들의자에 깊숙이 몸을 파묻고 페버햄을 응시했다. 폴린은 일어서서 방 안을 이리저리 천천히 걷고 있었다. 그녀가 어두운 그늘 속으로 왔다 갔다 할 때마다 옷자락이 스치는 소리가 부드럽고 기분 좋게 들려왔다. 그레이엄은 때가 되었다고 느꼈다.

그는 일어나 호주머니에서 담배를 꺼내 불을 붙이러 램프 앞으로 다가갔다. 테이블 옆에 섰을 때 무심한 척 한 손을 들어 친구의 어깨에 올렸다.

'폴린은 6개월 전 그 여인이다. 매혹적이지도 않고 매력적이지도 않다.' 그는 조용히 최면을 걸었다. '폴린은 6개월 전 처음 시더 브랜치에 왔던 그 여인이다.' 그레이엄은 램프에서 담뱃불을 붙인 뒤 그늘 속 자기 의자로 돌아왔다.

페버햄은 한기가 온몸을 훑고 지나간 것처럼 오들오들 떨며 긴 의자를 불 가까이 끌어당겼다. 그는 느린 걸음으로 지나가는 아내를 고개를 돌려 바라보았다. 그리고는 다시 불을 빤히 바라보다가 다시 초조하게 아내를 바라보았다. 그러는 동안 그레이엄은 페버햄에게 시선을 고정한 채 조용히 최면을 걸고 또 걸었다.

페버햄이 돌연 책을 바닥에 툭 떨어뜨리며 일어섰다. 그는 맹렬하게 아내에게 다가가더니 마치 그녀와 단둘만 있는 것처럼 그녀를 꼭 끌어안았다. 그리고는 놀라서 상기된 그녀의 얼굴에 정열적으로, 무례하다 싶을 정도로 연거푸, 미친 듯 키스를 퍼부었다. 남편의 격렬한 포옹이 끝났을 때 그녀는 혼란스럽고 당혹한 표정으로 얼굴이 새빨개진 채 숨을 가쁘게 몰아쉬고 있었다.

"폴리, 폴리, 날 용서해줘요!" 그녀가 자리를 피해 의자 쿠션에 얼굴을 묻어버리자 페버햄이 애원했다. "너무 마음 쓰지 말아요, 여보. 그레이엄은 내가 당신을 얼마나 사랑하는지 다 알고 있으니 말이오." 그는 몸을 돌려 불 앞으로 걸어갔다. 초조해진 그는 한 손으로 부질없이 이마를 만졌다.

"내가 왜 이런 바보 같은 짓을 했는지 모르겠네." 그레이엄에게 사과하듯 낮은 목소리로 그가 말했다. "내가 흥분해서 분별없는 행동을 한 것을 용서해주길 바라네. 실은, 내 의지대로 한 행동은 결코 아닌 것 같네. 그토록 격정적으로 내 감정을 표현하게 만든 어떤 거부할 수 없는 충동에 내가 굴복한 것 같아. 그런 행동을 하기에 적절한 때는 아니었다는 걸 인정하네." 그가 웃으며 말했다. "그저 나도 어쩔 수 없는 사랑이 유일한 핑계니 이해해주게."

그레이엄은 더 이상 그곳에 머물 수 없었다. 안도감인지 해방감인지 모를 감정이 그를 압도했다. 그와 함께 좌절감도 밀려왔다. 그는 혼자 조용히 자신의 지성에 기대 그 수수께끼 같은 현상을 풀어보고 싶었다.

그는 우산을 펴지도 않은 채 불빛이 반짝이는 도로를 걸어가며 얼굴에 내리치는 빗줄기를 기꺼이 맞았다. 아주 멀고 먼 길이, 끝을 향해 난 단 하나의 길이 그 앞에 놓여 있었다. 그가 길 끝에 도달했을 때 비는 그치고 작은 별들이 그를 내려다보며 반짝이고 있었다. 마침내 서서히 진실이 드러났다. 그는 여섯 달 전 자신이 페버햄에게 폴린이 아름답고 매혹적이며 지적이고 정직한 데다 알아볼 만한 가치가 있다고 최면을 걸었던 것을 기억했다. 하지만 사랑에 대해서는? 그는 사랑에 대해선 한마디도 하지 않았다. 사랑은 말하지 않아도 생겨났다. "사랑해주겠소?"라거나 "허락하신다면" 같은 말은 필요 없었다. 우주의 어떤 힘에도 맞서 그 자신의 것을 지키고 소유하려는 의지, 사랑은 바로 그 마음에 존재하고 있었다. 그레이엄에게는 실로 위대한 깨달음이었다.

그는 상상력이 이끄는 대로 마음을 맡기고 따라갔다. 마지막으로 최면을 걸었을 때 페버햄의 이상할 정도로 격렬했던 행동이 떠올랐다. 그랬다! 사랑과 강력한 최면이라는 두 힘이 그의 잠재의식 속에서 잠시 격렬한 갈등을 일으켰지만 결국 사랑이 승리했던 것이다. 그는 확실하게 믿었다.

그레이엄은 고개를 들어 반짝이는 별들을 바라보았다. 별들이 그를 내려다보고 있었다. 그는 경이로운 감동을 불러일으키는 그 지고의 힘을 인정하며 깊은 경의를 표했다. 그 힘이 바로 사랑이다. 삶이다.

겨울이 지나고

1

대장장이 딸 트레지니가 발코니를 걸어 내려올 때 무슈 미셸이 휙 지나갔다. 그는 그녀를 보지 못하고 곧장 마을 길을 따라 걸어갔다.

늘 그렇듯 사냥개 일곱 마리가 그 곁을 슬금슬금 따르고 있었다. 그의 옆구리에는 뿔 모양의 화약통이 대롱거렸고, 어깨에는 상점에 가져다 팔 사냥물이 가득한 마대가 느슨하게 걸쳐져 있었다.

챙 넓은 펠트 모자가 수염이 덥수룩한 얼굴을 가리고, 손에 들린 낡은 소총이 무심하게 덜렁거렸다. 수많은 사람을 살해한 바로 그 총이 틀림없다고 생각하니 트레지니는 몸이 덜덜 떨렸다. 뭔가 알고 있었던 게 틀림없는 구두수선공 아들 캐미가 사내에 대해 '언덕'이라고만 알려진 어떤 곳에서 촉토 사람 두 명과 멕시코인 둘, 해방 물라토 한 명과 헤아릴 수도 없이 많은 흑인들을 살해했다고 그녀에게 말해준 적이 있었기 때문이었다.

사정에 더 밝은 나이 든 축에 속하는 이들은 젊은 세대가 그 사내에 대해 적대적으로 여기도록 각인된 무시무시한 기록을 정정하려고 굳이 애쓰지 않았다. 그들은 그토록 오랫동안 사람들과 떨어져 언덕배기에 있는 오두막에서 사냥개들을 데리고 혼자 살아온 무슈 미셸이 뭔가 할 수 있을 것이라는 사실에 대해 반신반의했다. 스물다섯 원기 왕성한 청년이었던 그가 셰니에르 농장 건너편에 있는 좁고 기다란 토지를 일구던 시절은 대부분의 노인들에게 이제 기억도 잘 나지 않을 만큼 아련했다. 그때 그는 몸을 뉠 집과 땀 흘려 할 일, 그리고 부인과 아이들이라는 너무도 크나큰 축복을 하늘이 그에게 허락한 것에 대해 감사하며 겸손하게 지냈다.

60년대 초반, 그는 친구인 듀플랑과 남은 '루이지애나 호랑이들'과 함께 전쟁에 나갔다가 그중 몇 명과 살아 돌아왔다. 그는 평화로운 골짜기에도 아장아장 걷는 어린아이들의 발이 걸려들기를 기다리며 매복한 죽음이 도사리고 있다는 사실을 알게 되었다. 그리고 언제나 여자들이 있었다. 여기저기 돌아다니다 보니 점점 방종해진 교활한 부인들, 생판 모르는 낯선 이들이 보내는 구애의 눈길이나 말에도 마음이 살랑살랑 흔들리는 여자들, 맹렬한 현재에 지배당한 채 과거의 권리도 미래의 희망도 깨끗이 망각한 여자들.

하지만 어떤 사람들은 생각했다. 축복마저 사라져버린 곳에서 스스로의 행복을 찾던 사람들을 그가 저주할 아무런 까닭이 없다고. 차라리 그를 버린 신을 저주하는 게 맞다고.

예전에 길에서 그를 만난 사람들은 가던 길을 멈추고 그에게 인사를 했다. 하지만 무슨 소용이란 말인가? 그는 그들의 인사에 결코 답하지 않았다. 어느 누구에게도 말을 걸지 않았고, 사람들의 얼굴을 제대로 쳐다보지도 않았다. 사냥감이나 잡은 고기를 화약과 실탄, 그리고 꼭 필요한 만큼의 얼마 안 되는 식량으로 교환하려고 마을의 가게에 들렀을 때도 그랬다. 말도 거의 없었고 살갑게 구는 법이 없었다. 하지만 가게를 들르는 이 대단치 않은 일이 그나마 그와 마을 사람들을 이어주는 유일한 통로였다.

기이한 일이지만, 그 환한 봄날 오후에 어느 때보다 무시무시했던 무슈 미셸의 모습을 본 트레지니에게 영감을 받은 듯 퍼뜩 기발한 생각이 떠올랐다.

사월 초, 부활절 전날이었다. 온 세상이 싱그러운 초록의 활기찬 생명력으로 가득했다. 트레지니를 둘러싼 그 삭막한 곳만 제외하면. 그녀가 아무리 애를 써봐도 소용이 없었다. 재와 쇳가루가 수북한 마당과 그녀의 아버지가 작업을 하는 용광로에서 끊임없이 뿜어 나오는 연기와 불꽃으로 가득 찬 대기에서는 아무것도 자라나지 않았다. 황량하고 검은 마당에는 어수선하게 흐트러진 마차 바퀴, 볼트, 쇠막대기, 쟁기 날 등속의 온갖 보기 흉한 물건들이 가득했다. 트레지니는 알고 있었다. 부활절에는 꽃이 있어야 한다는 것을. 색색으로 물들인 달걀도. 달걀은 많았다. 그녀보다 더 많은, 더 예쁜 달걀을 가진 사람은 아무도 없었다. 그 일에 대해서라면 그녀는 불평하지 않을 것이었다. 하지만 그녀에게는 부활절 아침에 제단을 장식하는 데 필요한 꽃은 한 송이도 없었다. 다른 사람들은 넘쳐나도록 가진 것 같았다! 건너편에 사는 마담 수잔은 장미에 파묻힐 정도였다.

정오 이후만 해도 백 송이는 꺾었을 것이다. 한 시간 전, 그녀는 세니에르 농장에서 나와 교회로 향하는 사륜마차를 보았는데, 마차를 가득 채운 부활절 장식용 백합에 폭 싸인 유프레지 양의 어여쁜 모습은 액자 속 그림 같았다.

트레지니는 베란다로 스무 번쯤은 걸어나갔다. 무슈 미셸을 보자 소나무 언덕이 떠올랐다. 소나무 언덕을 생각하자 그곳에 핀 꽃들이 보였다. 햇살처럼 누구나 가질 수 있는 꽃들. 소녀는 기뻐서 펄쩍 뛰더니 거칠고 엉성한 베란다 바닥을 가로질러 경쾌한 걸음으로 춤추듯 뛰어갔다.

"안녕, 캐미!" 그녀가 손뼉을 치며 캐미를 불렀다.

볼품없는 신발 밑창을 열심히 손질하던 캐미가 의자에서 일어나 양쪽 집의 경계를 이루는 울타리로 느릿느릿 다가왔다.

"응, 왜?" 그가 아주 다정하게 물었다. 그녀는 좀 더 잘 들리도록 난간 위로 몸을 쑥 내밀어 숙이면서 말했다.

"내일 저기 언덕으로 부활절 꽃 따러 갈래, 캐미? 라 프링강트도 데려갈 건데, 꽃바구니 들어달라고. 어때?"

"안 돼! 나 이 신발 손보는 거 마저 끝내야 해. 검둥이 거긴 하지만." 그가 무덤덤하게 대답했다.

소녀가 서둘러 대답했다. "지금 말고. 내일 아침에 해 뜰 때 말이야. 내 꽃이 제일 예쁜 꽃이 될 거야, 캐미! 저기 봐. 수잔 부인은 이미 장미꽃을 다 땄고, 유프레지 아가씨도 백합꽃을 가져갔어. 그 꽃들이 내일까지 싱싱할까 모르겠네!"

"그래, 네 말이 맞아." 소년은 맞장구를 치면서 하던 일을 계속했다. "근데 너 저 숲에 있는 늙은 주머니쥐는 신경 써야 할걸. 무슈 미셸 눈에 띄기만 하면 그땐!" 그 말과 함께 그는 팔을 들어 총을 겨누는 시늉을 했다. "빵, 빵, 피융! 그럼 트레지니도, 캐미도, 라 프링강트도 끝나는 거야. 모두 다 끝장나는 거라고!"

캐미가 그토록 생생하게 내비친 있을지도 모를 위험은 트레지니가 계획한 모험에 오히려 호기심만 더해주었다.

2

다음 날 아침 해가 뜨자마자 세 아이들—트레지니, 캐미, 그리고 어린 흑인 소녀 라 프링강트—은 언덕에 가득 핀 반짝이는 꽃들을 한아름 따 커다랗고 납작한 인디언 바구니를 채우고 있었다.

꽃 따는 일에 열중하던 그들은 무슈 미셸이나 그 사람의 거처에 대해서는 까맣게 잊은 채 비탈길을 올라 숲속 깊은 곳까지 들어갔다. 빽빽한 숲속에서 세 아이들 앞에 갑자기 그의 오두막이 불쑥 나타났다. 나지막하고 무시무시한 그 오두막은 주제넘게 침입해 들어온 그들을 꾸짖기라도 하듯 찌푸린 모습을 하고 있었다.

라 프링강트는 바구니를 떨어뜨리고 울면서 달아났다. 캐미도 따라서 같이 도망치고 싶은 것 같았다. 하지만, 트레지니는, 처음에는 겁이 나 몸을 떨었지만, 그 괴물 같은 사람이 집에 없다는 사실을 알았다. 하나뿐인 창문의 목재 셔터는 굳게 닫혀 있었다. 너무 낮아 몸집이 작은 사람이라도 들어가려면 몸을 숙이지 않으면 안 될 것 같은 출입문은 쇠사슬로 단단히 잠겨 있었다. 허공을 가르는 새들의 날갯짓 소리와 나무 꼭대기에서 새 한 마리가 단속적으로 지저귀는 소리뿐 사방에 빈틈없는 침묵이 가득했다.

"저 안엔 아무도 없다고, 모르겠어?" 트레지니가 황급히 소리쳤다.

라 프링강트는 호기심과 두려움 사이에서 괴로워하면서도 조심스럽게 기어서 다시 돌아왔다. 세 아이들은 오두막집 통나무 사이에 난 틈으로 안을 들여다보았다.

무슈 미셸은 커다란 나무를 쓰러트려 이 집을 짓기 시작한 게 틀림없었다. 남은 나무 밑동이 오두막 한가운데를 차지하고 식탁 역할을 하고 있었다. 그 소박한 식탁은 25년의 세월 동안 부드럽게 닳아 있었다. 식탁 위에는 그 사내에게 필요한 소박한 식기들이 놓여 있었다. 그 헛간 같은 오두막에 있는 것 전부－침상, 걸상 하나－야만인이 만든 것처럼 거칠었다.

둔한 캐미는 그 틈에 눈을 갖다 붙이고 몇 시간이라도 매달린 채 무슈 미셸이 자신의 고독한 시간을 즐기는 익숙한 방법임에 분명하다고 짐작되는 그 끔찍한 소일거리, 즉 비밀스러운 살인의 증거를 찾으려 머물 수도 있었을 것이었다. 하지만 트레지니는 부활절에 봉헌할 꽃 생각에 온통 정신이 팔려 있었다. 그녀는 더 많은 꽃들을, 이슬 머금은 싱싱한 꽃, 흙이 아직 붙어 있는 신선한 꽃들을 원했다.

세 아이들이 다시 언덕 아래로 내려갔을 때 무슈 미셸의 오두막 주변에는 보라색 마편초 한 송이도 남아 있지 않았다. 포도필름 꽃도, 진홍색 창포꽃도, 제비꽃도 거의 보이지 않았다.

그는 고독을 운명이라고 여기는 야인 같은 사람이었다. 최근 그의 마음속에서 사람들에 대한 감정은 냉담함을 넘어 쓰디쓴 증오심으로 변해가는 터라 물건을 사고팔기 위해 어쩔 수 없이 다른 사람을 만나야 하는 짧은 교류조차도 그는 두려워하는 지경에 이르렀다.

그랬으니 오두막으로 돌아와 한눈에 자신의 숲이 훼손된 것을 알아챈 무슈 미셸이 참을 수 없는 분노에 휩싸인 것은 당연했다. 그가 별이나 언덕을 가로질러 나부끼는 바람보다 사라진 꽃들을 더 사랑해서가 아니었다. 그 꽃들은 자신의 것이자 자기 힘으로 일군, 어느 누구에게도 방해받지 않고 홀로 살고 싶은 자기 삶의 일부였다.

그 꽃들은 그에게 시간의 흐름을 알려주지 않았던가? 무더운 5월이 올 때까지는 사라질 권리도 없었다. 이제 달리 어떻게 알 수 있다는 말인가? 그와 공통점이라곤 티끌만큼도 없는 사람들이 왜 그의 개인 공간을 침범하고 훼손했단 말인가? 다음에 또 무엇을 빼앗아가지 않겠는가?

그는 오늘이 부활절이라는 사실을 잘 알고 있었다. 어제 상점에서 부활절을 알리는 표지도 보았고 사람들이 말하는 소리도 들었다. 그는 자신의 숲이 야단스러운 부활절 의식을 위해 훼손되었다고 믿었다.

무슈 미셸은 수백 년 된 고목나무 탁자에 앉아 침울한 기분으로 수심에 잠겼다. 그는 사냥개들이 먹이를 달라며 낑낑대는 소리조차 알아채지 못했다. 아침 일을 곱씹어 생각하면 할수록—사실 그 자체만 놓고 보면 단순한 일이었으나—처음엔 막연했던 것이 점점 더 중대하고 의미심장하게 느껴졌다. 그는 자신이 당한 일을 소극적으로 참고만 있을 수 없었다. 그는 자리에서 벌떡 일어섰다. 강렬하게 끓어오르는 공격적 충동이 어서 행동으로 옮기라고 그를 몰아붙였다. 그는 마을로 내려가 흑인들과 백인들 모두 모인 자리에서 제대로 담판을 짓고 싶었다. 그들에게 무슨 말을 해야 할지 정확히 생각나지 않았지만, 한 가지 분명한 것은 그 자리가 마음에 품고 있는 자신의 증오의 감정을 표명하는 쉽지 않은 도전의 자리가 될 것이라는 것이다.

언덕을 내려와 평평하고 습지가 많은 숲 지대를 가로질러 마을로 가는 길은 그에게 너무도 익숙해서 그 길을 따라가는 데 주의를 기울일 필요가 전혀 없었다. 머릿속엔 그의 오두막에서부터 그를 몰아붙이던 온갖 저돌적인 생각만이 가득했다.

마을로 접어들자 점심 준비를 하느라 여념이 없어 보이는 흑인 여자아이만 간간이 보일 뿐 거리는 적막했다. 하지만 교회 주변에는 스무 마리 정도의 말이 묶여 있었고, 안에는 비좁아 보일 정도로 사람들이 꽉 들어차 있었다.

그는 한순간도 망설이지 않았다. 장소야 어디가 되었든 사람들과 맞서라고 부추기는 충동에 따라 그는 곧장 교회 입구 안쪽으로 비집고 들어가 사람들 사이에 섰다. 넓고 건장한 그의 어깨는 빽빽이 들어찬 군중 속에서도 자신만의 공간을 확보해주었고, 사자처럼 위풍당당한 그의 머리는 누구보다 높이 솟아 있었다.

"모자 좀 벗어요!"

못마땅한 듯 성난 어투로 말을 건넨 사람은 어떤 물라토였다. 무슈 미셸은 자기도 모르게 그가 시키는 대로 했다. 아주 가까이 많은 사람들이 몰려 있어서 서로 몸이 부딪히는 데다 그들의 시선과 분위기도 묘하게 마음에 걸렸다. 제단에 놓인 자신의 야생화가 보였다. 부활절 백합과 장미와 제라늄 꽃들 사이에 리본으로 장식된 그의 야생화 다발이 똑똑히 보였다. 머리 위로 웅성거리는 사람들의 와자지껄한 소리가 잦아드는 대로 그는 큰 소리로 자신의 생각을 밝힐 것이다. 그에게는 그럴 권리가 있고, 마땅히 그래야 한다.

"맙소사! 무슈 미셸이잖아!" 수잔 부인이 놀란 듯 옆 사람에게 속삭였다. 트레지니가 그 소리를 들었고 캐미가 쳐다보았다. 두 사람은 번개처럼 눈길을 주고받더니 겁에 질린 것처럼 몸을 떨며 고개를 푹 수그렸다.

무슈 미셸은 그에게 모자를 벗으라고 한 자그마한 물라토를 분노에 찬 눈길로 내려다보았다. 왜 고분고분 말을 들었지? 첫 행동부터 순순히 응했던 것이 아무래도 그의 의지와 결심을 약하게 만들었다. 하지만 소란스러운 소리가 가라앉고 말할 기회만 잡으면 다시 의연함을 되찾을 것이다.

장엄한 오르간 소리가 작은 성당에 가득 울려 퍼졌다. 남녀 목소리가 한데 어우러져 〈대영광송〉을 부르고 있었다.

오래전 그가 어릴 때 오르간이 있던 이 층에서 따라 부르던 그 찬송가의 선율은 친숙했지만 가사는 그의 가슴에 전혀 와닿지 않았다. 어떻게 그렇게 끊임없이 계속되는지! 결코 멈추지 않을 위협 같았다. 그를 조롱하기라도 하듯 케케묵은 과거로부터 들려오는 소리 같았다.

"높은 곳에서는 하느님께 영광"이라는 가사가 반복해서 들려왔다! 어떻게 저렇게 낮고 굵은 저음이 흘러나올 수 있는지! 테너와 알토가 그 저음을 따라 이어지다가 고음의 플룻 같은 소프라노 음으로 넘어가더니 마침내 모든 음이 어우러져 한목소리로 "높은 곳에서는 하느님께 영광"이라는 열광적인 찬송을 불렀다!

그 후렴은 또 얼마나 계속되었는지! 무슈 미셸을 압도하며 그의 마음을 온통 휘젓고 혼란스럽게 하는, 찬송가 안에 감춰진 신비로운 힘은 대체 무엇이며 어디에서 오는 것이란 말인가?

말을 하려 애써도, 말을 하고 싶어도 아무 소용이 없었다. 한마디도 할 수 없었다. 그는 도망가고 싶었다. 그 마음뿐이었다. "선한 마음"―그는 몰아치는 폭풍우에 맞선 사람처럼 고개를 떨궜다. "영광! 영광! 영광!" 그는 달아나야만 했다. 스스로를 구해야만 했다. 풍경도, 향기도, 소리도, 성자나 악마도 그를 괴롭히지 않을 자신의 언덕으로 돌아가야 했다. "저 높은 곳의 하느님!" 그는 문이 있는 뒤쪽을 향해 사람들을 떠밀며 빠져나가 눈 위까지 모자를 푹 눌러 쓰고 길을 따라 비틀거리며 걸어갔다. 하지만 "평화! 평화! 평화!"라는 후렴구가 채찍질하듯 그를 계속 따라와 고통스러웠다. 그는 노랫소리가 메아리보다 약하게 흐르다가 "저 높은 곳에서"라는 구절 속으로 완전히 사라질 때까지 걸음을 늦추지 않았다. 노랫소리가 더는 들리지 않게 되자 비로소 그는 걸음을 멈추고 깊은 안도의 숨을 내쉬었다.

3

무슈 미셸은 그날 아침의 설명할 수 없는 느낌을 지울 수 있을까 싶어서 늘 하던 익숙한 일에 몰두하며 하루 종일 자신의 오두막 근처에 머물렀다. 하지만 뒤숭숭한 기분은 좀처럼 가시지 않았다. 가슴속에서 어떤 간절함이 격렬한 통증처럼 솟더니 가라앉지 않았다. 그토록 화사하고 포근한 부활절 아침, 이제껏 그의 고독을 가득 채워주던 소리들도 아무 의미가 없었다. 그는 그 소리들을 이해하지 못한 채 침묵에 잠겨 있었다. 그의 영혼 속에 되살아난 인간적 공감과 교류에 대한 맹렬한 갈구 앞에서 그 소리들은 아무런 의미가 없었다.

밤이 되자 그는 다시 숲을 지나 산비탈을 따라 걸어 내려갔다.

"틀림없이 잡초로 뒤덮였을 거야." 무슈 미셸은 걸어가며 혼자 중얼거렸다. "아, 신이시여! 이런, 미셸, 숲에서만 이십오 년이라니!"

그는 마을로 가는 길 대신 오랫동안 다니지 않았던 다른 길을 택했다. 강둑을 따라 이어지는 먼 길이었다. 폭이 좁은 강이 쉼 없이 불어오는 산들바람에 일렁이며 대지를 가득 비추는 달빛을 품고 반짝였다.

길을 따라 계속 걸어가자 처음부터 강렬하게 느껴지던 갓 일군 땅의 흙내음이 그를 온통 휘감아 왔다. 그는 무릎을 꿇고 흙에 얼굴을 묻고 싶었다. 흙을 파내고 뒤집어엎고 싶었다. 오래전에 했던 대로 다시 씨를 뿌리고, 자신이 가꾸는 대로 초록빛 새 생명이 움터 자라는 것을 지켜보고 싶었다.

한때 자신의 소유였던 땅뙈기와 조 듀플랑 농장의 경계를 이루는 길을 따라 걸어 내려가다가 강에서 발길을 돌리며 그는 눈가를 훔쳐 주변 사물들을 흐릿하게 가리는 안개 같은 눈물을 걷어냈다.

전쟁에 나가기 전 그는 산울타리를 심고 싶었지만, 그렇게 하지 못했다. 그런데 거기 산울타리가 있었다. 예전에 그가 심고 싶어했던 그 모양 그대로, 온 밤을 향기로 가득 채우면서. 널찍하고 나지막한 낮은 통로가 기다란 울타리를 가르고 있었다. 그 위로 몸을 기울인 그에게 놀라운 광경이 나타났다. 상상했던 것과는 다르게 잡초는 하나도 보이지 않았지만, 기억 속 광경처럼 드문드문 떡갈나무들만 자랄 뿐 다른 나무는 하나도 없었다.

줄지어 늘어서 있는 수령이 오래된 땅딸막하고 옹이 진 저 튼튼한 무화과나무들이 언젠가 그가 땅에 심었던 묘목들이란 말인가? 차갑고 옅은 안개가 가득 내려 몹시도 추웠던 12월 어느 날의 오싹했던 추위가 되살아났다. 기억은 너무도 생생했다. 그 땅은 경작지로 쓰기 위해 쟁기질을 한 흔적이라고는 전혀 보이지 않았다. 서늘한 풀밭 위에 소 떼가 몰려 있거나 부드러운 새싹을 뜯어먹으며 느릿느릿 위엄 있게 천천히 이동하는 평평한 녹색의 초원이었다.

그곳에 그 집이 있었다. 옛날 모습 그대로 달빛 아래 어스름하게 빛나며 그 고요한 쉼터 아래로 그를 초대하는 것 같았다. 지금은 누가 살고 있는지 궁금했다. 주인이 누구건 간에 한밤중에 입구에서 몰래 힐끔거리는 모습을 들키고 싶지는 않았다. 하지만 그는 오늘처럼 한밤중에 이곳에 오고 또 올 것이다. 그것이야말로 자신의 영혼을 응시하며 정화하는 방법일 테니.

그때 누군가 무슈 미셸의 어깨에 손을 올리며 그의 이름을 불렀다. 소스라치게 놀란 그가 몸을 돌리자 그에게 말을 건 사내가 눈에 들어왔다.

"듀플랑!"

긴 세월 동안 말 한마디 나누지 않았던 두 남자가 침묵 속에 서로를 마주 보며 한참을 서 있었다.

"언젠가 자네가 돌아올 줄 알았네, 미셸. 정말 오래 기다렸는데, 결국 이렇게 돌아왔군."

무슈 미셸은 본능적으로 움츠리며 전혀 동의하지 않는다는 듯 양손을 저으며 대답했다.

"아니, 아니야. 여긴 내 땅이 아니라네. 전혀!"

"여기가 자네 집이 아니라는 건가, 미셸?" 그것은 질문이라기보다는 점잖은 권위가 실린 확언이었다.

"이십오 년이네, 듀플랑. 이십오 년! 소용없는 일이네. 너무 늦었어."

"보다시피, 내가 사용하고 있었네." 무슈 미셸의 말에는 아랑곳하지 않고 그 경작자가 조용히 말을 이어 나갔다. "저기 풀 뜯고 있는 소 떼는 내 소유라네. 여기는 르 셰니에르 농장에 방이 없을 때면 손님들이나 일꾼들의 숙소로 많이 썼지. 농사는 짓지 않았으니 땅 기운은 여전할 걸세. 이 땅을 차지할 권리가 나에겐 없다네. 나는 여전히 자네에게 빚이 있네, 미셸. 언제든 자네의 친구가 될 준비도 되어 있고 말일세."

그가 문을 열더니 무슈 미셸을 데리고 울타리 안으로 들어갔다.

둘은 함께 집을 향해 걸어갔다.

두 사람 모두 쉽게 말을 꺼내지 못했다. 더욱이 한 사람은 사람들과 대화하는 것에 익숙하지 않았다. 애틋한 추억의 소용돌이에 휩싸인 두 사람에게는 어떤 말도 고통스러울 것만 같았다. 두 사람의 다정함을 생생하게 보여주는 침묵 속에 한참이 지나고 조 뒤플랑이 입을 열었다.

"자네도 알다시피 미셸, 나는 자네를 만나 이야기를 나누려고 애를 썼다네. 그런데 자네는 한사코 피했지."

무슈 미셸은 탄식하는 듯한 몸짓으로 대답을 대신했다.

"과거는 다 잊어버리게, 미셸. 새로운 삶을 시작하는 거야. 지난 이십오 년 세월은 그저 긴 밤이었다고 생각하게. 자네는 이제 막 그 밤에서 깨어난 거라네. 아침에 내게로 오게." 그는 재빨리 확신에 찬 말을 보탰다. "말 한 마리와 쟁기를 마련해두겠네." 그는 주머니에서 집 열쇠를 꺼내서 무슈 미셸의 손에 올려놓았다.

"말?" 무슈 미셸이 들릴 듯 말 듯 자신 없이 반복했다. "쟁기! 아니야, 너무 늦었다네, 뒤플랑. 너무 늦었어."

"너무 늦은 건 아니라네. 이 땅은 요 몇 년 계속 휴경지였다네. 아주 싱싱하다네. 장담하는데, 황금의 가치가 있는 땅이지. 자네 농작물은 이 땅 최고가 될 걸세." 그가 손을 내밀었다. 무슈 미셸은 대답 대신 그의 손을 꼭 잡고 나지막하게 한 마디만 했다. "내 소중한 친구."

잠시 뒤 그는 잘 다듬어진 높은 산울타리 뒤로 경작자가 사라지는 것을 지켜보며 서 있었다.

그는 두 팔을 쭉 뻗었다. 그 몸짓이 사라지는 친구를 향한 것인지 아니면 자신에게 내려와 온몸을 감싸는 듯한 무한한 평온함을 환영하는 몸짓인지 알 수 없었다.

저 멀리 하늘을 배경으로 어두운 그늘 아래 보이는 언덕을 뺀 모든 대지가 찬란하게 빛나고 있었다.

내커터시의 안과 밖

주말을 제외한 매일 아침 정확히 여덟 시가 되면 수잔 세인트데니스 고돌프 양은 부아뿌리 바이우를 가로지르는 철교를 건넜다.

알퐁세 라발리에르가 자기 편의를 위해 마련해둔 평저선을 타고 건널 수 있었지만 그것은 시간도 많이 걸리고 왠지 미덥지도 못했다. 그래서 매일 아침 여덟 시에 철교를 건넜다.

그녀는 라발리에르 씨 소유지 위 늪지대 가장자리에 서 있는 자그맣고 그림 같은 하얀 건물에 자리 잡은 공립학교에서 학생들을 가르쳤다.

라발리에르도 이 지역에서는 비교적 신참자였다. 육 개월쯤 전 그는 사탕수수와 쌀농사에 소질이 있는 형제 알세에게 농사를 맡기고 자신은 면화 재배를 시도해보기로 결심했다. 내커터시 교구의 고지대에 위치한 비옥한 케인강 토지를 거저나 다름없이 구입한 뒤 금방이라도 무너질 것 같은 농장을 정비해가며 살고 있는 것도 바로 그

때문이었다.

　가끔 답사 도중 그는 날쌘하고 우아한 여인이 침목 위를 조심스럽게 걷는 모습을 목격한 적이 있는데, 더러 그녀의 안전이 걱정되어 몸이 떨리기도 했다. 그는 늘 그녀에게 인사를 건넸다. 한 번은 그녀가 건너갈 수 있도록 진흙 웅덩이 위에 판자를 놓아준 적도 있었다. 그때 그녀의 얼굴을 얼핏 보았다. 커다란 모자 아래 가려진 그녀의 얼굴은 놀라울 정도로 뽀얗고 손에는 헐렁한 가죽 장갑을 끼고 있었다.

　그는 그녀가 학교 선생님이라는 것과 금덩이를 쟁여놓은 구두쇠처럼 바이우 건너편 척박한 땅을 비축해가고 있는 고집불통 데니스 고돌프 부인의 딸이라는 것도 알고 있었다. 땅 놔두고 굶어 죽기 십상이라고 말하는 사람들도 있지만 그건 터무니없는 소리다. 스스로 목숨을 끊으려는 게 아니라면 루이지애나 농장에서 굶어 죽는 사람은 없다.

　그는 이런 사실을 알고 있었다. 하지만 세인트데니스 양이 자신의 인사에 대해서는 쌀쌀맞고 거만한 태도를 보이는 까닭은 알 수 없었다. 그가 조금만 덜 낙천적인 사람이었다면 얼어붙고 말았을 것이다.

　사실 그 이유는 수잔이 다른 이들처럼 그에 관해 떠도는 소문을 들었기 때문이었다. 그가 해방된 자유 물라토와 지나칠 정도로 편하게 지내고 있다는 것이었다. 그것은 입에 올리기도 두려운 소문이었다. 특히 라발리에르 가문의 일원이 그렇다면 더욱 충격적이었다. 하지만 그것은 사실이 아니었다.

땅을 인수하고 나서 그는 농장과 저택에 기에스틴과 가족들이 득실대는 것을 알았다. 그 자유 물라토와 식구들이 얼마나 오래 그곳에 거처하고 있었는지는 짐작도 할 수 없는 일이었다. 그 집은 겨우 버티고 선, 방 여섯 개짜리 휘청거리는 긴 건물이었다. 온전한 유리창 하나 없어 깨진 틈으로 터키레드색 커튼이 폴락거리고 있었다. 그러나 이런 것들을 일일이 나열할 필요는 없겠다. 한마디로 문명화된 인간의 거주지로는 전적으로 부적합했다. 알퐁세 라발리에르는 그곳에서 만족스럽게 살고 있던 물라토들을 쫓아내고, 곧바로 농장 한쪽에 둥지를 튼 자고새 가족도 뿔뿔이 쫓아버렸을 수도 있었다. 하지만 그는 그러지 않았다.

그는 몇 가지 물건만 챙겨 그곳에서는 그래도 제일 나아 보이는 오두막에 정착한 뒤 더 이상 소란을 피우지 않고 곧바로 집과 조면기를 비롯한 이런저런 잡다한 건물의 건축 공사를 감독하면서 버려진 농장을 제대로 돌아가는 곳으로 복구하기 위한 면밀한 조사를 진행했다. 그는 자유 물라토 집에서 식사를 했지만 당연히 그의 가족들과는 꽤 거리를 두고 앉았다. 사소한 집안일을 그 가족들이 살펴주었지만 솜씨가 썩 좋지는 않았다. 그랬던 것뿐이었다.

그에게 푸대접을 받았던 몇몇 게으름뱅이들이 어느 날 라발리에르는 백인보다 자유 물라토를 더 좋아한다고 떠들어댔다. 그 말은 자극적이고 전염성이 있는 말이어서 어김없이 사람들 입에 오르내리며 보태지고 부풀려졌다.

어느 날 아침 라발리에르가 여왕 같은 당당한 풍채를 지닌 기에스틴 부인과 비쩍 마른 두 사내아이의 시중을 받으며 혼자 앉아 아침을 먹고 있는데 기에스틴이 방으로 들어왔다. 그는 아내에 비하면 반쯤밖에 안 되는 왜소한 체구에 작고 별 볼 일 없는 소심한 사내였다. 코가 뾰족한 부츠를 신은 그가 뭉그적뭉그적 중절모를 만지작거리면서 불안한 모습으로 식탁 옆에 서 있었다.

"라발리에르 나리, 말씀을 드려야 할 것 같아서요. 저와 제 가족을 버리시는 게 좋을 것 같습니다요. 저희는 나리 처분에 따르겠습니다요."

"도대체 무슨 말을 하는 건가?" 라발리에르가 뉴올리언스 신문을 보다가 멍하니 쳐다보며 물었다. 기에스틴은 불편한 듯 어찌할 바를 몰랐다.

"들으셨는지 모르겠지만 나리에 관한 소문이 온 마을에 자자합니다요." 그는 소리 죽여 웃으며 그의 아내를 봤다. 그녀 또한 웃음을 참으려고 숄 끝으로 입을 틀어막고 황금시대를 누렸던 유제니 황후처럼 위풍당당한 걸음으로 방을 나갔다.

"소문이라고!" 라발리에르가 놀란 얼굴로 물었다. "누가? 어디서? 대체 무슨 말을 한다는 거지?"

"마을 저쪽 온 사방에서요. 소문이 온통 난리랍니다. 나리가 물라토를 무척이나 아낀다고요. 사탕수수 농장에서 물라토들과 어울려 다니고, 물라토들 없이는 쉬지도 못한다고들 합니다."

라발리에르는 가엾을 정도로 조급한 성격의 소유자였다. 그가 주먹으로 삐걱대는 탁자를 쾅 하고 거세게 내리치자 위에 있던 기에스틴 부인의 그릇들 반 정도가 바닥으로 떨어졌다. 그가 욕설을 내뱉을 때는 옆방에서 듣고 있던 기에스틴 부인과 그녀의 아버지와 할머니는 터져 나오는 웃음을 참느라 눈물이 날 정도였다.

"이런, 이런! 그래 내커터시에서는 내가 좋아하는 사람들과 가까이하지도 못한단 말이지. 어디 두고 보자고. 기에스틴, 의자를 가져오게. 그리고 자네 부인과 할머니, 다른 가족들도 모두 부르게. 밥을 같이 먹자구. 이런 제기랄! 내가 물라토나 흑인들, 촉토 인디언이나 남해 야만인들과 허물없이 어울려 지내고 싶다면, 그건 내 일이지 남들이 무슨 상관이란 말이야?"

"저야 잘 모르지요. 라발리에르 나리, 전 그냥 아는 대로만 말씀드렸습니다요." 그리고 기에스틴은 벽에 걸린 열쇠 꾸러미 가운데 큰 열쇠를 하나 집어 들고 방을 나갔다. 삼십 분이 지나도 라발리에르는 진정이 되지 않았다.

그가 기에스틴 사내아이들 중 한 아이의 어깨를 붙들고 별안간 학교 문 앞에 나타났다. 데니스 고돌프 양은 교실의 반대편 끝에 서 있었다. 그녀의 보닛 모자는 벽에 걸려 있어서 그 순간 라발리에르가 바보 같은 생각으로 눈이 멀지만 않았다면 그녀가 얼마나 매력적인지 알아볼 수 있었을 텐데. 속눈썹이 비치는 그녀의 파란 눈은 그를 보고 깜짝 놀란 기색이 역력했다. 속눈썹처럼 까만 그녀의 머리가 매끈하고 새하얀 이마에서 부드럽게 물결치고 있었다.

"마드무아젤." 라발리에르가 바로 말문을 열었다. "실례인 줄 알지만 제가 새 학생을 데려왔습니다."

세인트데니스 고돌프 양은 돌연 얼굴이 창백해지고 목소리는 떨렸다.

"너무도 사려가 깊은 분이시군요. 소개하고 싶으신 학생의 이름을 알려주실 수 있으세요?" 물론 그녀도 그처럼 아이의 이름을 알고 있었다.

"애야, 이름이 뭐지? 말해보거라!" 라발리에르가 어린 물라토를 흔들며 말하라고 다그쳤다. 하지만 아이는 미라처럼 입을 다물고 있었다.

"애 이름은 앙드레 기에스틴입니다. 당신도 알 겁니다. 애는 그……의 아들이오."

"그런데 선생님." 그녀가 끼어들었다. "죄송하지만 선생님께서 큰 실수를 하셨다는 것을 말씀드려야겠어요. 이곳은 흑인들을 교육하기 위한 학교가 아닙니다. 피후견인을 다른 곳으로 데리고 가셔야 할 거예요."

"나는 내 피후견인을 이곳에 맡기고 가겠소, 마드무아젤. 당신이 다른 학생에게 기울일 관심을 이 아이에게도 똑같이 보여주리라 믿소." 이렇게 말하며 라발리에르는 인사를 하고 가버렸다. 혼자 남겨진 어린 기에스틴은 교실 주변을 경계하는 눈초리로 힐끗 보더니 다음 순간 네발 달린 날쌘 짐승처럼 열린 문 사이로 뛰어다녔다.

고돌프 양은 애써 차분한 태도를 보이며 남은 시간 동안 수업을 진행했다. 하지만 젊은 여성들의 태도에 대해 잘 알고 있는 학생이라면 뭔가 불길한 느낌을 갖기에 충분했다. 수업을 마칠 시간이 되자 그녀는 교탁을 탁탁 두드리며 학생들을 주목시켰다.

그녀는 체념한 듯하면서도 근엄한 태도로 말을 했다. "얘들아, 너희들 모두 오늘 학교 부지의 주인으로부터 선생님이 당한 모욕을 봤을 거야. 나는 그 문제에 대해서는 더 이상 할 말이 없다. 하지만 선생님이 내일 사직서와 함께 학교 열쇠를 학교 위원회 회원들에게 돌려보낼 거라는 말은 해야겠구나.” 어린 학생들이 동요하는 모습이 확연했다.

“제가 그 꼬맹이 물라토를 찾아서 이런 상황을 알게 하겠어요.” 한 아이가 소리쳤다.

“메서랭, 안 돼. 선생님을 생각해서라도 그렇게 해서는 안 된다. 내게 모욕을 준 사람에 대해서 나는 신경 쓰지 않는다. 하지만 앙드레는 좋은 자극을 주는 아이라 비난해서는 안 된다. 너희들 모두가 알다시피, 그 아이는 우리가 적어도 올바른 예절 정도는 기대할 수도 있었을 그 사람, 자기보다 신분도 높았던 그 사람보다 더 훌륭한 감각과 판단력을 보여주었다.”

그녀는 여자아이, 남자아이 할 것 없이 모두에게 입맞춤하고 일일이 따뜻한 말을 건넸다.

“우리 꼬마 누마, 누구 못지않게 기대했……” 그녀는 말을 채 맺지도 못했다. 유난히 정이 갔지만 영어는 한마디도 가르쳐줄 수 없었던 어린 누마가 엉엉 울고 있었기 때문이었다. 누가 봐도 불길한 생각을 할 수밖에는 없게 변해버린 상황이긴 했다.

그녀는 학교 문을 잠그고 다리 쪽으로 걸어갔다. 그녀가 도착할 무렵 아카디안 어린아이들은 토끼처럼 이미 길 아래로 내려가 울타리 사이로 빠져나가거나 그 위를 넘어 사라지고 없었다.

다음 날 고돌프 양은 철교를 건너지 않았다. 다음 날도 그리고 그다음 날도. 라발리에르는 그녀가 나타나기를 기다렸다. 그의 넓은 마음은 이미 괴롭고 부끄럽기 짝이 없었다. 자기가 고돌프 양의 생계 수단을 빼앗는 데 앞장선 어리석은 존재였다는 사실을 깨닫고는 자책감에 더욱 괴로워했다.

그는 굴하지 않고 도도하게 자신에게 맞서던 그녀의 파란 눈을 떠올렸다.

"따님을 뵈러 왔습니다, 부인." 라발리에르의 말투는 너무도 무뚝뚝했다. 그의 말투가 원래 그랬다.

"데니스 고돌프 양은 지금 집에 없답니다." 부인이 대답했다. "그 아인 지금 뉴올리언스에 있답니다. 그곳에서 아주 중요한 직책을 맡게 되었지요, 라발리에르 씨."

수잔 데니스 고돌프가 생각하는 뉴올리언스는 항상 헥터 상티엔과 관련이 있었다. 헥터는 그곳에 사는 사람들 중 그녀가 아는 유일한 사람이었기 때문이었다. 그렇다고 그녀가 잘 나가는 포목상 한 곳에서 일자리를 얻을 때 그가 어떤 도움을 준 것은 아니었다. 그녀가 집을 떠날 준비가 다 되었을 때 그 사실을 헥터에게 알렸을 뿐이었다.

소식을 들은 헥터는 그녀가 기차를 타고 뉴올리언스에 도착할 때까지 기다리지 못하고 강을 건너와 그레트나에서 그녀와 만났다. 만나자마자 그는 수잔에게 키스를 했다. 8년 전 내커터시를 떠날 때 그랬던 것처럼. 그러나 한 시간 후 그는 중국 황후를 포옹할 수 없는 것처럼 수잔에게 키스할 생각을 더 이상 할 수 없다고 생각했다. 수잔은 더 이상 열두 살 소녀가 아니었고 자신도 스물넷이 아니라는 사실을 깨달았기 때문이었다.

그녀는 자신이 만난 헥터의 나이 든 모습을 믿을 수가 없었다. 검은 머리카락은 관자놀이 부분이 하얗게 세어 있었지만 짧게 갈라진 턱수염과 곱슬곱슬한 콧수염, 윤기 나는 비단 모자 끝에서 깔끔한 각반을 찬 발끝에 이르기까지 그의 차림새는 흠잡을 데 없이 완벽했다. 수잔은 내커터시 사람들을 잘 알고 있었고, 슈리브포트에 다녀온 적도 있고 멀리 텍사스주의 마셜까지 다녀온 적도 있었지만, 그 어디에서도 헥터의 우아한 자태에 견줄 만한 남자는 본 적이 없었다.

마차를 탄 두 사람은 온통 자갈이 깔려 있어 대화조차 힘든 길을 달려갔다. 끝이 없는 길 같았다. 그가 끊임없이 이야기를 했지만 수잔은 그동안 수없이 말로만 들어왔던 뉴올리언스를 잠깐이라도 볼까 싶어 어둠 사이로 차창 밖을 내다보았다. 혼란스럽고 불규칙한 소리와 불빛들이 조금씩 보이는 변화무쌍한 어둠에 신비로움만 더할 뿐이었다.

그녀는 그가 어디로 데려가고 있는지 물어볼 생각도 하지 않았다. 커널가를 가로질러 로열가에 들어서고 어느 정도 지났을 때 헥터가 그녀에게 말했다. 그녀를 그 마을에 있는 자신의 친구인 여인에게 데려가는 중이라고. 그 여인은 마망 샤방으로 말도 안 되는 싼값에 수잔을 묵게 해줄 예정이었다.

마망 샤방은 로열가와 샤르트르가가 교차하는 좁은 도로들 중 하나인 커널가에 살았는데, 산책하기 딱 좋은 곳이었다. 샤방의 집은 박공지붕을 한 작은 단층집으로 굳게 닫힌 현관과 창문, 그리고 인도로 이어진 삼단 계단이 딸려 있었다. 한쪽 옆에는 높은 울타리로 가려져 잘 보이지 않는 작은 정원이 면해 있었는데, 울타리 위로 키 큰 오렌지나무와 무성한 관목의 윗부분이 드러나 보였다.

마망 샤방은 그들을 기다리고 있었다. 위아래로 검은색 옷을 입고 생기 넘치는 사랑스러운 표정과 하얀 머리, 검은 눈동자를 한 자그마한 체구에 약간 통통해 보이는 여인이었다. 그녀는 영어를 알아듣지 못했지만 별 문제가 되진 않았다. 수잔과 헥터는 서로 불어로만 말했기 때문이었다.

헥터는 한순간도 머뭇거리지 않고 나이 든 부인에게 수잔의 거처를 부탁한 뒤 식사도 마다하고 서둘러 떠나려고 했다. 급히 계단을 내려가 어둠 속으로 사라지는 그를 보고 마망 샤방이 말했다. "저 사내는 천사가 분명하다우, 아가씨."

"숙녀분들, 친애하는 마망 샤방, 제가 여인들에게 어떤지는 부인이 아시잖아요. 제 마음속엔 동그라미를 하나 그려놓았답니다. 꽤 큰 동그라미죠. 그 동그라미를 통과하는 사람은 아무도 없지요. 위로건 아래로건 말이지요."

"이런 허풍쟁이 같으니!" 마망 샤방은 유리잔을 채우면서 웃음을 터뜨렸다.

일요일 아침이었다. 그들은 한 계단만 내려가면 정원으로 이어지는 쾌적한 회랑에서 식사 중이었다. 헥터는 매주 일요일 아침마다 정오 한 시간 전쯤 그들과 함께 식사를 하러 왔다.

그는 항상 소턴산 백포도주 한 병과 파이 혹은 아티초크 한 접시 혹은 구미가 당기는 소시지를 가지고 왔다. 때로는 두 여인이 성당의 미사를 마치고 돌아오길 기다려야 할 때도 있었다. 그는 성당에

다니지 않았다. 두 여인은 그것 때문에 9일 기도를 하기도 했고, 그의 개종을 기원하며 성 요셉 앞에서 열두 개의 촛불을 켜는 비용을 대기까지 했다. 헥터가 우연히 그 사실을 알고 양초 값을 갚으려 했지만 두 여인이 그 돈을 받지 않아 상심했다.

수잔이 그곳에 온 지도 한 달이 넘었다. 2월도 거의 지나갈 무렵, 촉촉한 대기에는 꽃향기가 묻어나고 기분 좋을 정도로 온화했다.

"제가 늘 말하지만, 숙녀분들, 샤방 부인―"

"숙녀 타령은 이제 그만하세요." 수잔이 참을 수 없다는 듯 소리쳤다. "맞아, 헥터. 하지만 헥터의 습관이니 그 말을 안 하려면 조금 신경 쓰일 수도 있을 거예요. 그래, 하고 싶은 말이 뭔지 어서 말해요. 말해봐요."

"알았어요, 사촌 동생. 사실 오늘 아침에 네가 얼마나 매력적인지 말할 참이었어. 그렇다고 내가 그전에는 그 사실을 몰랐다고 생각하지는 말고." 그 말과 함께 그가 찬찬히 바라보는데 그녀의 마음이 설렜다. 그녀가 주머니에서 편지를 꺼내 그에게 건네주었다.

"이걸 보세요. 엄마가 당신을 칭찬한 말들 좀 읽어봐요. 엄마가 당신을 얼마나 사랑하는지 보세요." 그는 글씨가 빽빽하게 적힌 편지지 몇 장을 받아들고 읽기 시작했다.

"아, 친절하신 숙모님." 그는 수잔의 모친이 자신에 대해 살갑게 언급한 문장을 보고는 미소를 지었다. 식사를 시작하면서 조금 채워 놓고 손도 대지 않았던 와인 잔도 옆으로 살짝 밀쳐놓았다. 마망 샤방은 자신의 잔에 와인을 다시 따르고 담뱃불을 붙였다. 이제 막 담배를 배우기 시작한 수잔도 담배에 불을 붙였다. 헥터는 담배건 시가건 손도 대지 않았다.

　수잔은 테이블 위에 팔꿈치를 괸 채 드레스의 손목 주름을 매만지고 담배 연기를 어설프게 내뱉으며 정원의 짙은 녹색을 응시하면서 한 시간 전 성당에서 미사 때 들었던 아름다운 키리에 엘레이손 기도문*을 흥얼거렸다. 마망 샤방은 은빛 메달을 슬그머니 수잔 쪽으로 밀어 넣으며, 수잔도 쉽게 알아챌 만한 몸짓을 했다. 그러자 이번엔 수잔이 헥터가 모르게 슬그머니 그 메달을 헥터의 코트 주머니로 옮겨 넣었다. 그는 수잔의 행동을 분명히 알아챘지만 짐짓 모른 체했다.

　"내 커터시는 여전하군." 그가 말했다. "끝없는 소문들! 그 소문들은 언제나 없어질까? 아테네세 미셰가 결혼을 하다니! 이젠 어린애가 아니군. 맙소사! 결혼은 사람을 나이 들게 하지. 장 피에르 어르신이 이제야 돌아가셨다구? 오 년 전에 돌아가신 줄 알았는데. 그런데 여기 라발리에르는 누구지? 세인트제임스의 라발리에르가 사람인가?"

　"맞아요, 그 세인트제임스. '황금해안' 출신의 귀족 알퐁세 라발리에르죠. 하지만 그건 옛날이야기예요. 제 이야길 들어볼래요, 마망 샤방?" 수잔은 열띤 얼굴로 라발리에르 때문에 그녀가 겪은 일에 대해 이야기를 해 나갔다. 그동안 담배가 다 탔다.

　"그럴 리가!" 이야기가 고조되어 정점에 다다르자 헥터가 소리를 질렀다. 하지만 그녀가 기대했던 만큼 분명하게 분노한 어조는 아니

---

* '주여 우리를 불쌍히 여기소서.' —옮긴이

었다.

"그런 심한 모욕을 주고도 벌 받을 생각도 안 하다니!" 샤방 부인이 훨씬 더 공감하는 투로 말했다.

"세상에, 아이들이 그 불쌍하고 어린 앙드레에게 몹쓸 짓을 거리낌 없이 하고 있었군요. 하지만 알다시피, 나라면 그런 짓은 그냥 두고 보지 않을 거예요. 그런데, 지금 엄마는 완전히 그 사람 편이에요. 폭 빠져 있지요. 그 까닭을 누가 알겠어요!"

"맞아." 헥터가 동의했다. "숙모님께 타말레 요리하고 흰 소세지도 보냈다지."

"흰 소시지! 헥터. 어디 그것뿐인 줄 아세요! 내겐 편지가 한 묶음 있어요. 보여줄 수도 있어요. 얼마나 라발리에르, 라발리에르, 침이 마르도록 칭찬을 하는지 어지러울 지경이라니까요. 그는 계속해서 엄마를 찾아오지요. 엄마 말이, 그는 다재다능한 사람에 용감한 데다 진실하기까지 한 사람이래요. 최고의 친구라는 거죠. 엄마에게 물통만큼이나 크고 살찐 울새를 한 다발 보내기도 했어요."

"그런 일을 하다니, 대단하군. 아주 대단해, 친절하기도!" 마망 샤방은 만족스러운 듯 담배를 피웠다.

"게다가 흰 소시지라니! 엄마 말이 용서야말로 기독교인의 의무라는 거예요. 아, 아니에요. 소용없는 일이에요. 엄마가 무슨 생각을 하는지 도대체 모르겠어요."

수잔과 헥터가 함께 시간을 보내는 곳은 마망 샤방의 집뿐이었다. 그는 일요일의 방문 외에 때때로 어스름이 내릴 무렵 그들을 찾아와 잠깐 이야기를 나누기도 했다. 사업이 바쁠 때면 종종 극장 티켓이나 오페라 표를 보내기도 했다. 그에게 사업이란 그가 주머니에 항상 지니고 다니는 작은 공책을 의미했다. 그 공책에다 그는 가끔 시골 사람들이 주문하는 와인을 기록해두었다가 수수료를 받고 팔았다. 두 여인은 언제나 헥터 없이 둘만의 산책을 다녔다. 즐거움 가득한 환한 표정으로 팔짱을 끼고 빠른 걸음으로.

여느 때와 마찬가지인 어느 일요일 오후 두 여인이 저녁기도를 위해 성당으로 걸어갈 때 헥터가 잠깐 동행했다. 셋은 인도의 좁은 폭을 거의 다 차지하면서 나란히 걷고 있었다. 로열 호텔에서 막 나온 한 신사가 그들이 지나가기 좋도록 옆으로 비켜서더니 수잔을 향해 모자를 들어 올려 인사를 하는데 헥터를 쏘아보는 놀라움과 분노가 서린 재빠른 시선이 힐끗 비쳤다 사라졌다.

"그 사람이에요!" 그녀가 마망 샤방 부인의 팔을 호들갑스러울 정도로 꼭 붙잡으며 소리쳤다.

"그라니, 누구?"

"라발리에르요!"

"그럴 리가!"

"맞아요!"

"언제 봐도 참 잘생긴 사내야." 자그마한 숙녀가 인정한다는 듯 고개를 끄덕이며 말했다. 헥터 또한 같은 생각이었다. 대화는 다시 라발리에르에 관한 이야기로 옮겨가 그들이 성당 곁문에 이를 때까지 계속되었다. 거기서 청년은 둘만 남겨두고 떠났다.

그날 저녁 라발리에르가 수잔을 찾아왔다. 그가 작은 응접실로 들어간 뒤 마망 샤방은 조심스럽게 앞문을 닫고 정원의 내밀한 부분이

흰히 보이는 곁문을 열어놓았다. 그리고 수잔이 들어오는 때를 맞춰 등잔불을 켰다.

아가씨는 다소 경직된 태도로 고개를 숙여 인사를 했는데, 그녀의 태도 하나하나에 경직된 모습이 느껴질 정도였다. "라발리에르 씨." 그녀가 한 말은 그게 전부였다.

"마드무아젤 세인트데니스 고돌프," 그 또한 그 말이 전부였다. 하지만 예의 바른 태도를 취하는 게 편안하지 않았다.

"마드무아젤." 자리에 앉자마자 그가 말을 꺼냈다. "저는 당신 어머님의 말씀을 전하러 왔답니다. 그 일이 아니라면 제가 여기 올 일은 없었다는 걸 당신도 이해하셔야만 합니다."

"제가 없는 사이에 두 분이 아주 친한 친구가 되었다는 것은 충분히 이해합니다." 침착하고 상투적인 어조로 그녀가 말했다.

"그렇게 말씀해주시니 대단히 기쁘군요." 그가 다정하게 대답했다. "세인트데니스 고돌프 부인이 제 친구임을 믿어주신다니 말입니다."

수잔은 단순한 호의를 넘어서는 대단히 우호적인 태도로 헛기침을 하며 윤기 나게 땋은 머리를 부드럽게 매만졌다. "자, 엄마의 메시지를 전해주시지요, 라발리에르 씨."

"그러죠." 그녀를 생각하느라 잠깐 멍했던 정신을 가다듬으며 그가 답했다. "자, 드릴 말씀은 이렇습니다. 당신도 꼭 아셔야 할 일입니다만, 당신 모친께서 친절하시게도 늪지대를 따라 이어진 좁고 깊은, 좋은 땅을 제게 파셨다는 겁니다."

"말도 안 돼요! 대체 무슨 요술을 부려서 우리 엄마한테 그 땅을 얻어내셨나요, 라발리에르 씨? 기억도 못 할 만큼 오래전부터 세인트데니스 고돌프 가족의 것이었던 그 땅을 말이에요!"

"어떤 요술도 아니랍니다, 마드무아젤. 그저 당신 모친의 지성과 상식에 호소했을 뿐이지요. 모친께서는 그 둘을 충분히 겸비한 분이시지요. 게다가 모친께서는 제게 당신이 몹시 보고 싶다며 얼른 돌아오시라 전해달라고도 하셨지요."

"어머니께서 지나치게 성급하시군요." 수잔이 무례할 정도로 냉정하게 대답했다.

"혹시 하나 여쭤봐도 될까요, 마드무아젤." 그가 불쑥 수잔을 놀라게 했다. "오늘 오후에 함께 산책하셨던 분 성함이?"

그녀의 당황한 태도가 숨김없이 드러났다. "왜 그런 질문을 하시는지 이해가 되지 않는군요. 그 신사분은 헥터 상티엔 씨랍니다. 내커터시 최초의 정착 가문의 일원이시지요. 제게는 아주 친근한 친구이자 먼 친척이기도 하답니다."

"아, 그분 성함이 헥터 상티엔이었군요? 그런데, 다시는 헥터 상티엔 씨와 나란히 뉴올리언스 거리를 걷는 일은 없으시길 바랍니다."

"그저 농담처럼 한바탕 웃자고 하시는 말씀이 아니라면, 그 말씀은 제게는 모욕적인 언사십니다, 라발리에르 씨."

"그러셨다면 죄송합니다. 하지만 물론 웃자고 한 말은 아니랍니다." 그러더니 라발리에르는 분별력을 잃은 듯 감정을 억제하지 못하고 퉁명스럽게 내뱉었다. "물론 아가씨께서는 누구하고든 마음대로 거리를 산책하실 수 있지요. 하지만 만약 사람들 있는 데서 당신과 함께 있는 헥터 상티엔 씨를 다시 만난다면 바로 그 자리에서 닭 모가지를 비틀 듯 그 친구 목을 비틀어버리고 말 겁니다. 뼈마디란 뼈마디는 몽땅 다 부러트릴 테고요." 그가 말을 다 끝내기도 전에 수잔은 이미 일어서 있었다.

"그만 됐어요. 당신의 그 말에 대한 어떤 설명도 듣고 싶지 않군요."

"저도 설명할 마음이 없답니다." 그녀의 말에 담긴 은근한 암시에 자극을 받은 그가 쏘아 붙였다.

"이만 실례하겠습니다." 그녀가 자리를 뜰 기미를 보이며 차갑게 받아쳤다.

"아직은 안 됩니다. 오, 저를 용서하시기 전까지는 안 됩니다." 그가 본능적으로 외치며 그녀를 막아섰다. 이번에는 후회의 감정이 그를 맹렬하게 엄습해왔다.

하지만 그녀는 그를 용서하지 않았다. "그래요, 비키실 때까지 기다리지요." 그 말에 그가 옆으로 비켜나자 두 번 다시 그를 쳐다보지도 않고 자리를 떴다.

다음 날 그녀는 헥터에게 자기를 방문해달라는 전갈을 보냈다. 오후 늦게 헥터가 도착했을 때, 두 사람은 포도 덩굴이 있는 회랑 끝까지 함께 걸어갔다. 그곳에는 봄꽃들의 향기가 가득했다.

"헥터," 한참 뒤에 그녀가 말문을 열었다. "어떤 사람이 나에게 뉴올리언스의 거리에서 당신과 함께 있는 모습이 눈에 띄어서는 안 된다고 했어요."

그는 날카로운 주머니칼로 길게 뻗은 장미 가지를 다듬고 있었다.

그 말을 듣고도 그는 하던 일을 멈추거나 놀라지 않았다. 당황하는 것 같지도 않았다.

"그랬군!" 그가 말했다.

그녀가 계속 말을 이어갔다. "하지만 아시지요? 저는 저 하늘에서 성자들이 내려와 왜 그런지 이유를 설명해준다 해도 믿지 않을 거예요."

"정말 믿지 않을 거지, 나의 어여쁜 수잔?" 그는 장미 가시를 다 잘라내고 아래쪽의 묵직한 잎들을 떼어내고 있었다.

"제 얼굴을 좀 봐요, 헥터. 혹시 무슨 까닭이라도 있는지 말해 줘요."

그는 칼날을 접은 뒤 칼을 주머니에 넣었다. 그녀의 눈을 응시하는 그 시선이 너무 단호해서 그녀는 솔직한 고백을 기대하며, 그가 무슨 말을 하든 기꺼이 받아들이리라 생각했다. 하지만 그는 무심하게 말했다. "그래, 이유가 있지."

"그렇다면 나는 이유가 없다고 말할래요." 그녀가 흥분해서 소리쳤다. "당신은 지금 저를 놀리면서 즐거워하시는 거지요. 늘 그러셨잖아요. 내가 들을 이유도, 믿을 이유도 없어요. 당신은 여전히 저와 함께 산책할 거지요. 그렇지요, 헥터?" 그녀가 애원하듯 말했다. "일요일이면 저와 함께 교회에 가고요. 그런데, 그런데, 그런 말을 하다니 말도 안 돼요. 말도 안 돼요!"

그는 길고 단단한 장미 줄기를 잡고 마치 연인의 입맞춤처럼 장미 꽃으로 그녀의 이마를 스치며 뺨을 따라 아름다운 입과 턱 위로 가볍게 애무하듯 움직여갔다. 그 붉은 장미가 남기고 간 진홍빛 자국이 선명했다. 그때까지 서 있었던 그녀는 이제 그곳에 있는 벤치에 주저앉아 손바닥으로 얼굴을 감싸고 있었다. 온몸의 가녀린 떨림이 그녀가 흐느낌을 억누르고 있음을 알려 주었다.

"아, 수잔, 수잔, 당신이 나처럼 아무짝에도 쓸모없는 놈 때문에 불행해져서는 안 돼. 자, 날 봐. 안 그러겠다고 말해." 그가 얼굴을 감싸고 있던 그녀의 손을 끌어내려 한참을 자기 손에 꼭 감싸고 있더니 이윽고 작별 인사를 했다. 그의 얼굴에는 종종 그랬던 것처럼 장난기 어린 표정이 서려 있었다, 마치 그녀를 보고 웃고 있기라도 한 것처럼.

"가게에서의 일이 당신 마음에 거슬렸던 모양이야, 귀여운 사람. 마을로 돌아가겠다고 약속해. 그게 최선이야."

"그럴게요. 제가 집으로 돌아갈게요, 헥터."

"그래, 그게 맞아, 꼬마 사촌." 그가 그녀의 손을 다정하게 어루만지더니 무릎에 가만히 내려놓았다.

그는 돌아오지 않았다. 그 주 내내, 그리고 그다음 일요일에도. 그래서 수잔은 마망 샤방에게 집으로 가겠노라 말했다. 그 아가씨는 헥터를 아주 열렬하게 사랑한 것은 아니었다. 다만 청춘이 흔히 그러하듯 상상은 무엇이든 소중하게 여기도록 만드는 법이다.

라발리에르가 그녀와 함께 기차를 타고 있었다. 그녀는 왠지 모르게 그렇게 되리라 생각은 했다. 하지만, 그녀를 떠난 후에도 그가 매일 아침 그녀를 지켜보며 기다렸다는 생각은 꿈에도 하지 않았다. 그는 그녀에게 오더니 사전에 짐작할 수 있는 어떤 기미도 없이 불쑥 손을 내밀었다. 그녀도 망설임 없이 손을 뻗었다. 그녀 자신도 이유를 알 수는 없었다. 게다가 좀 많이 지쳐서 그렇게 하지 않으려 애를 쓸 겨를도 없었다. 순전히 그의 의지가 자신이 소망하는 목표로 그를 몰아가는 것 같았다.

함께 있는 동안 그는 괜한 관심을 끌어 그녀를 피곤하게 하지 않았다. 그녀로부터 떨어져 앉은 그는 기차가 지나가는 사탕수수 농장 지역의 친구들이나 지인들과 대화하며 대부분의 시간을 보냈다.

그녀는 그가 내커터시에 온 까닭이 궁금했지만 물어봤자 말을 해 줄 것 같지 않았다. 그녀의 생각을 읽기라도 한 듯 그가 옆으로 와 앉더니 마을 건너 먼 곳, 그의 어머니와 형제인 알세, 그리고 사촌 클라리세가 사는 곳을 그녀에게 가리켰다.

어느 일요일 아침, 마망 샤방이 수잔에 대한 헥터의 속마음을 떠보려고 애쓸 때 그가 말했다. "여인들이여, 내 사랑하는 마망 샤방이여, 여인들에 대해 내가 어떤지는 당신이 알잖아요." 그러더니 그녀의 잔에 백포도주를 다시 채웠다.

"저런, 익살꾸러기!"라며 마망 샤방이 웃음을 터트릴 때, 그녀가 입고 있던 흰 볼란테 드레스 아래서 그녀의 살집 많은 어깨가 출렁거렸다.

하루 이틀 뒤, 오후 네 시에 헥터는 커널가를 걸어가고 있었다. 그가 원래 그렇듯 최신 유행복 잡지를 위해 포즈를 취해도 이상하지 않을 정도의 멋진 모습이었다. 그는 길 양편 어느 쪽으로도 눈길을 주지 않았다. 심지어 지나가는 여인들에게조차도. 오히려 여인들 몇몇이 몸을 돌려 그를 쳐다보았다.

로열가 모퉁이에 이르렀을 때 거기 서 있던 한 청년이 같이 있던 일행을 쿡쿡 찔렀다.

"너 저 사람 누군지 알아?" 헥터를 가리키며 그가 물었다.

"아니, 누군데?"

"참, 순진하기도. 저 사람이 바로 뉴올리언스에서 가장 악명 높은 도박꾼 데로우스탄이라구."

아주 멋진 바이올린

여섯 아이들이 배고파할 때면 클레오파스는 바이올린을 연주하곤 했다. 배고픈 아이들의 울음과 미안하고 아픈 자신의 마음을 달래는 나름의 방법이었다. 어느 날 몹시 화가 난 피핀이 주먹을 불끈 쥔 채 자그만 발을 굴러대며 말했다.

"절대 안 돼! 언젠가 산산조각 내버릴 테야, 저 깽깽이!"

"그럼 안 된다, 피핀!" 아버지가 타이르듯 말했다. "쩌 바이올린은 니하고 내하고 둘 나이를 합친 것보다 세 배도 더 오래된 기다. 니도 드러짜나, 내가 늘 하던 말. 죽으면서 저걸 나한테 줬던 이태리인 말이다. 전쟁도 나기 한참 전에 그 사람이, '클레오파스, 내한테는 목숨 같은 저 바이올린은 내 죽은 뒤에도 계속 살아남을 걸세. 신의 은총을!' 그리 말했지. 피핀, 넌 말을 너무 막 하는구나."

"어쨌건, 저 바이올린을 어떠케든 하고 말 거야. 두고 봐!" 딸이 화가 다 풀리지 않은 채 대꾸했다. "두고 보라고."

대농장에서 떠들썩한 잔치가 벌어졌다. 수많은 신사 숙녀들이 도시에서 말과 마차를 타고 끝없이 밀려와 온갖 악기를 연주하며 춤추고 있을 때, 피핀은 플란넬 천 가방에 싸인 바이올린을 훔쳐서 잔치가 한창인 저택으로 갔다.

베란다 층계에 앉아 날카로운 눈매로 바이올린을 팔 기회만 노리고 있는 맨발의 어린 소녀를 주목하는 사람은 없었다.

"이거 팔려고 가져온 거예요." 뭐 하느냐고 처음으로 묻는 사람에게 소녀는 당차게 대답했다. 꾀죄죄한 차림새의 조그만 여자아이가 거기 앉아 바이올린을 팔겠다는 것 자체가 대단히 의아한 일이라 이내 사람들이 모여들어 아이를 에워쌌다.

광택이라고는 없는 악기를 사람들이 살펴보기 시작했다. 처음에는 그저 재미 삼아 보던 사람들이 이내 아주 진지한 태도를 띠기 시작했는데 세 명의 신사들이 특히 관심을 보였다. 한 사람은 긴 머릿결을 늘어뜨리고 있었고, 또 한 사람은 긴 머릿결이 위로 뻗쳐 있었고, 마지막 신사는 머리카락이라고 할 만한 것이 없는 사람이었다.

세 신사는 바이올린을 거꾸로 들고 안팎을 속속들이 훑어보았다. 바이올린 줄을 튕겨 소리를 듣고, 바이올린 줄을 긁은 뒤 소리를 들어보기도 했다. 세 신사는 바이올린을 들고 집 안으로 들어갔다가 다시 나오더니 멀찍이 떨어진 모퉁이로 갔다. 한참 머리를 맞댄 채 익숙한 말, 낯선 말을 섞어가며 논의를 한 세 사람은 마침내 피핀이 가져왔던 바이올린을 갖는 대신 그보다 두 배나 더 예쁜 바이올린과 돈뭉치를 아이 손에 쥐여주었다.

피핀은 말문이 막힐 정도로 놀라 쏜살같이 집으로 달려갔다. 커다란 멀구슬나무 아래 멈춰 서서 돈뭉치를 자세히 세어본 아이의 놀라움은 두 배나 커졌다. 아이로서는 셀 수도 없을 만큼 많은, 감히 꿈꿔본 적도 없는 큰돈이었다. 낡은 오두막 지붕에 새 널빤지 지붕을 얹고, 맨발의 어린 동생들 모두에게 신발을 사주고, 굶주린 입에 들어갈 먹을거리를 구하고도 남을 돈이었다. 어쩌면 시메옹 삼촌이 팔려고 하는 암소 블랑셰와 블랑셰가 낳은 송아지를 사고도 남을 정도였다. 그 생각을 하자 피핀은 놀라 기절할 지경이었다!

"피핀, 니가 말한 꼭 그대로네." 그날 밤, 새 바이올린으로 연주를 마친 클레오파스가 까칠한 목소리로 조용히 말했다. "이건 참 멋진 바이올린이다. 니 말대로 마치 공단처럼 빛나는구나. 그런데 어쨌건 이건 그 바이올린이 아니다. 자, 피핀, 이거 가져다 저리 치워라. 난 말이다, 저 바이올린으로는 연주하지 않겠다."

아름다운 조래드

여름밤은 무덥고 고요했다. 바이우 위로 바람 한 점 없었다. 세인트존 바이우 건너 저편 어둠 속에 여기저기 불빛이 깜빡이고 어두운 하늘에 드문드문 별빛이 반짝이고 있었다. 호수를 벗어난 범선 한 척이 서두를 것도 없이 느릿느릿 바이우의 하구로 향하고 있었다. 한 사내가 보트에서 노래를 부르고 있었다.

그 노랫가락이 칠흑 같은 밤처럼 까만 피부를 한 노인인 마나 룰루의 귀에 어렴풋이 들려왔다. 그녀는 덧문을 열어두려고 회랑을 지나 밖으로 나와 있던 참이었다.

후렴구의 한 부분을 듣자 마음속에 거의 잊혔던 크리올의 로맨스가 떠올라 그녀는 덧문을 열면서 나지막하게 노래를 부르기 시작했다.

리제테, 당신이 평원을 떠나고,

저는 행복을 잃었답니다.

당신을 볼 수 없어서

내 두 눈은 눈물의 샘이 되고 말았지요.

낮이면 사탕수수를 베며

내 사랑 당신을 그리워하고,

밤이면 오두막에서 잠들어

당신 꿈을 꿉니다.

사랑하는 사람을 잃은 연인의 슬픈 탄식을 담고 있는 옛 노래를 떠올리자 호화로운 마호가니 침대에 누워 자신이 해주는 부채질과 자신이 들려주는 이야기 속에 잠들기를 기다리고 있는 마님에게 들려줄 이야기가 생각났다.

이 늙은 흑인 하녀는 이미 마님의 어여쁜 하얀 발을 씻겨주고 아름다운 두 발에 번갈아 입맞춤까지 마쳤다. 그녀가 빗겨준 마님의 아름다운 머릿결은 공단처럼 부드럽고 윤기가 흐르는 데다 마님의 결혼반지와 같은 색을 띠고 있었다. 이윽고 그녀는 방으로 들어가 조용히 침대 옆으로 다가앉은 뒤 딜라일 마님에게 부채질을 시작했다.

마나 룰루는 미리 이야기를 생각해두는 법은 없었다. 마님은 지어낸 이야기보다는 실제 있었던 이야기를 더 좋아했기 때문이었다. 하지만 오늘 밤에 들려줄 이야기는 마나 룰루의 머리에서 나온 '아름다운 조래드 아가씨 이야기'였다. 그녀는 부드러운 크리올 언어로 주인마님에게 그 이야기를 들려주었다. 이야기 속의 아름다운 노래와 매혹적인 표현들을 영어로는 결코 표현할 수가 없었기 때문이었다.

"아름다운 조래드의 두 눈은 너무나 깊고 아름다워서 어떤 남자라도 너무 오래 바라보면 틀림없이 정신을 잃고 마음을 빼앗길 수밖에 없었지요. 부드럽고 매끈한 그녀의 피부는 카페오레 빛깔을 닮았고요. 기품 있는 태도와 날씬하고 우아한 그녀의 자태에 관해 말하자면, 그녀의 주인이었던 델라리비에르 마님을 방문하는 부인들 가운데 반 정도가 시샘을 할 정도였고요.

조래드는 틀림없이 왕족 출신의 가장 세련된 귀부인 못지않게 매혹적이고 우아했지요. 조래드가 걸음마를 시작할 때부터 주인마님이 곁에 두고 보살폈답니다. 고운 모슬린천 바느질보다 거친 일은 해 본 적이 없는 데다 시중드는 어린 흑인 하인까지 두고 지냈지요. 그녀의 대모이기도 했던 주인마님은 가끔 이렇게 말씀하셨지요.

'조래드, 명심하렴. 네가 결혼을 할 때가 되면, 결혼식은 귀하게 자란 너에게 어울리도록 성대하게 치르게 할 게다. 결혼식 장소는 당연히 대성당이 될 거야. 웨딩드레스며 꽃장식은 모두 최고 좋은 것으로 준비될 게다. 물론 내가 직접 지켜볼 거야. 언제든 네가 말만 하면 앙브루아즈는 준비가 될 게다. 그의 주인께서도 내가 널 위해 하듯 그를 위해 모든 걸 기꺼이 해주실 테고. 너와 앙브루아즈의 결혼은 모든 면에서 나를 기쁘게 하는 결합이란다.'

앙브루아즈는 랭글 박사의 몸종이었지요. 하지만 조래드 아가씨는 백인처럼 번질거리는 구레나룻을 한 키 작은 물라토인 그를 몹시 싫어했답니다. 게다가 그의 작은 눈은 마치 뱀의 눈처럼 잔인하면서도 거짓을 품고 있는 것 같았지요. 그녀는 장난기 서린 눈을 내리깔 며 이렇게 말했지요.

'아, 마님, 전 지금처럼 마님 곁에 있는 것이 너무도 만족스럽고 행복하답니다. 전 지금 당장은 결혼하고 싶지 않아요. 내년이나, 어쩌면 내후년에……' 그 말에 마님은 너그럽게 웃으며 상기시켜주곤 했지요. '여자의 아름다움은 영원한 게 아니란다.'

하지만 사실 그 문제의 진실은 조래드가 콩고 광장에서 밤볼라 춤을 추던 멋진 사내 메조를 만났다는 것이었지요.

가슴 설레게 하는 밤볼라 가락 속에서 강렬하게 빛나던 그의 눈동자와 무리들 가운데 유독 근사하게 몸을 흔들며 춤추던 그의 우아한 동작을 본 그 순간부터 가엾은 조래드의 가슴속에는 그 멋진 사내 메조를 향한 사랑의 열병이 자라고 있었답니다.

나중에 그녀를 알게 된 그가 다가와 말을 걸었을 때, 그의 눈에 어려 있던 격렬함은 어느덧 사라지고 목소리는 친절하고 상냥했지요. 그 또한 그녀를 향한 사랑의 감정에 사로잡혀버렸기 때문이었지요. 조래드는 그 어느 때보다 혼란스러워졌답니다.

콩고 광장에서 밤볼라 춤을 추지 않을 때면 메조는 맨발에 옷도 제대로 걸치지 않은 채로 도시 외곽에 있는 주인의 농장에서 사탕수수 농사일을 하고 있었지요. 앙브루아즈와 마찬가지로 그의 주인도 랭글 박사였지요.

어느 날 조래드가 주인마님 앞에 무릎을 꿇고 앉아 마님의 발에 제일 고운 실크 스타킹을 신겨드리며 말했지요. '마님, 가끔 제 결혼에 대해 말씀하신 적이 있으셨지요?'

'마침내 저는 신랑감을 정했답니다. 하지만 그건 앙브루아즈가 아니랍니다. 제가 원하는 신랑감은 멋진 메조랍니다. 다른 어떤 사람도 원치 않는답니다.' 말을 마친 그녀는 손으로 얼굴을 가리고 말았지요. 마님이 몹시 화를 내실 게 너무도 당연하고 분명하다고 짐작했기 때문이었지요.

델라리비에르 부인은 처음엔 얼마나 분노가 치밀었는지 말조차 잇지 못했어요. 마침내 그녀가 격앙된 감정으로 겨우 뱉은 말은 다음과 같았지요.

'그 검둥이 놈이라니! 세상에, 그 검둥이 놈하고! 어떻게 그럴 수가 있어!'

'저는 어디 백인인가요, 마님?' 조래드가 애원하듯 대답했지요.

'넌 백인이야! 이런 못된 것! 다른 노예들처럼 채찍질이나 당하며 지냈어야 하는데. 네가 얼마나 못된 아인지는 너 자신도 모르지 않겠지.'

'저는 백인이 아닙니다.' 조래드가 고집스럽게, 그러나 존경심을 보이며 공손하게 말했지요. '랭글 박사님도 제가 노예하고는 결혼하게 해주시겠지만 아드님을 결혼 상대자로 보내진 않으실 거예요. 제가 백인이 아니니 제 동족 중에서 제 마음으로 선택한 사람과 결혼하게 해주세요.'

하지만, 주인마님도 잘 아실 거예요. 조래드의 마님이 그런 부탁을 들어주지 않으리라는 것을요.

조래드는 메조와 이야기하는 것을 금지당했고, 메조도 다시는 조래드를 만나지 말라는 주의를 들었지요. 하지만 마님도 아시지요?

검둥이들이 어떤지요."

이 말을 덧붙이는 마나 룰루의 얼굴에 조금 슬픈 미소가 어렸다.

"사랑하는 사람들을 누가 막을 수 있겠어요? 주인마님이건 주인이건, 심지어 왕이나 신부님이라 하더라도 말이지요. 그 두 사람은 나름의 수단과 방법을 찾아냈지요.

몇 달이 지났을 때, 침착하면서도 무언가를 골똘하게 생각하는, 완전히 다른 사람으로 변한 조래드가 주인마님에게 다시 말했지요.

'마님, 마님께서는 제가 메조와 결혼하는 것을 허락해주지 않으려 하셨지요. 저도 마님께 복종하지 않았고요. 제가 죄를 지었답니다. 마님, 원하시면 저를 죽이세요. 하지만 가능하시다면 저를 용서해주세요. 그 멋진 메조가 제게, "조래드, 나는 당신을 사랑해요"라고 말했을 때, 그때 차라리 제가 죽어도 좋았을 거예요. 하지만 그를 사랑하지 않을 수는 없을 거예요.'

이번에는 조래드의 고백을 들은 델라리비에르 마님도 너무 고통스럽고 마음이 아파서 가슴속에 분노가 들어설 자리조차 없었답니다. 그녀는 혼란스러운 마음으로 자책의 한숨을 내쉴 뿐이었습니다.

그녀는 말보다 행동이 앞서는 사람이었습니다. 그래서 즉시 조치를 취했지요. 먼저 랭글 박사를 설득해 메조를 팔게 했지요. 홀아비였던 랭글 박사는 오랫동안 부인과 결혼할 소망을 품어오고 있던 터라 그녀가 시키는 일이라면 정오에 다메즈 광장을 네발로 기어가라고 해도 그리 하고도 남을 사람이었지요.

당연히 그는 지체없이 메조를 팔아 치워버렸지요. 그 멋진 사내는 조지아, 캐롤라이나, 아니면 어디 멀고 먼 곳으로 팔려가 버려서 그의 유창한 크리올 사투리를 들을 수도, 멋진 캘린다 춤을 볼 수도 없게 되었고, 무엇보다 아름다운 조래드를 품에 안을 수도 없게 되어 버렸지요.

그렇게 메조가 멀리 떠나버리자 가엾은 조래드가 상심한 것은 말할 필요도 없을 정도였지요. 하지만 그녀는 곧 자신의 품에 안게 될 그녀의 아기를 생각하며 위안을 얻고 희망을 잃지 않았지요.

조래드 아가씨의 슬픔이 본격적으로 시작되었답니다. 슬픔만이 아니라 고통도. 무엇보다 엄마가 되는 과정에서 겪은 고통이 죽음의 그림자가 되어 그녀를 엄습해왔지요. 그러나 이 세상 어떤 엄마라도 자신의 첫아이, 자신이 낳은 존재이지만 자신보다 훨씬 더 소중한 아기를 가슴에 안고 그 아기의 살에 입 맞출 때면 아무리 큰 고통이라도 잊을 수 있는 법이지요.

죽음의 그림자 같은 끔찍한 출산의 고통에서 벗어났을 때 그녀는 궁금한 듯 주변을 둘러보며 떨리는 손으로 그녀 주변을 더듬어 아기를 찾았답니다.

'내 아기는 어디 있나요?' 그녀가 애원하듯 물었어요. 그러나 그 자리에 있던 마님과 유모는 차례로 대답했지요. '네 아기는 죽었다.' 그 사악한 거짓말에 하늘의 천사들이라도 흐느껴 울지 않을 수 없었을 거예요.

아기는 멀쩡히 건강하게 살아 있었지요.

태어나자마자 엄마의 품을 빼앗긴 아기는 멀리 해안가에 있는 주인마님의 농장으로 보내졌던 거랍니다. 조래드는 그저 구슬프게 '내 아기, 내 아기'만을 찾으며 벽 쪽으로 돌아누웠지요.

마님은 그렇게 아이를 떼어놓으면 조래드가 예전처럼 자유롭고 행복하고 아름다운 모습으로 자신의 곁에서 시중을 들게 될 것이라고 희망했던 것이지요.

하지만 마님이 행한 못된 행동보다 훨씬 더 강력한 의지가 존재했지요. 선하신 하느님의 의지 말입니다. 하나님께서는 조래드가 이 세상을 살아가는 한은 결코 사라지지 않을 크나큰 슬픔으로 비탄에 잠겨 살아가도록 미리 예비해두셨어요.

예전의 아름다운 조래드는 더 이상 존재하지 않았어요. 대신 밤낮 아기 생각에 비탄에 잠긴 슬픈 눈동자의 여인만이 남았어요. '내 아기, 내 아기.' 주변 사람들에게 끊임없이 탄식하다가 다른 사람들이 그녀의 슬픔에 싫증을 내면 혼자 한숨지으며 슬퍼했지요.

이 모든 것을 알면서도 앙브루아즈는 여전히 그녀와 결혼하고 싶어 했어요. 그는 조래드가 자신의 아내가 되기만 한다면 그녀가 슬퍼하건 즐거워하건 그건 중요하지 않았던 거지요.

얼마 후 그녀는 이제 이 세상에서는 더 이상 어떤 일도 중요하지 않다는 듯 다가올 결혼에 동의하는 것처럼, 아니 그저 포기하고 복종하는 것처럼 보였지요.

어느 날 흑인 하인 하나가 조래드가 바느질하고 있던 방으로 소란을 피우며 들어왔지요. 조래드가 황급히 일어서는데 이상할 정도로 멍하고 행복한 표정이 그녀의 얼굴에 어려 있었지요. 그녀가 손가락으로 입막음을 하며 조용히 말했지요. '쉿, 조용히 해. 내 아기가 자고 있어. 애기 깨겠다.'

침대 위에는 강보에 싸인 아기처럼 꾸민 터무니없는 넝마 꾸러미가 놓여 있었지요. 그녀는 그 모형 위에다 모기장을 쳐놓고 그 옆에 만족스러운 듯 앉아 있었고요. 결국, 그날 이후 조래드는 정신 줄을 놓아버린 것이지요. 낮이건 밤이건 침대에 뉘여놓았거나 팔에 안고 있는 그 넝마 꾸러미를 단 한 순간도 잊어버리는 법이 없었어요.

자신이 그렇게도 아끼던 조래드가 그 지경에 이를 만큼 끔찍하게 불행해진 모습을 바라보며 슬픔과 후회로 자책하며 괴로워하기는 주인마님 또한 마찬가지였지요. 랭글 박사와 의논을 한 끝에 두 사람은 그녀의 혈육인 아기를 엄마에게 데려다 주기로 결정했지요. 이제 막 걸음마를 시작한 아기는 먼 곳에 있는 농장에서 아장아장 먼지를 일으키며 놀고 있었지요.

그 자그맣고 어여쁜 '혼혈' 소녀를 엄마에게 데려간 사람은 다름 아닌 주인마님이었답니다. 그때 조래드는 정원의 석재 의자에 앉아 분수의 물소리가 부드럽게 떨어지는 소리를 들으며 수시로 모양이 변하는 야자나무 잎 그림자가 널찍한 판석 위로 드리우는 모습을 보고 있었어요.

'가엾은 조래드, 여기 네 아이가 왔다. 이 여자애가 네 아이란다. 이제 다시는 누구도 이 아이를 네게서 떼어놓지 않을 게다.'

조래드는 그녀 앞에 서 있는 주인마님과 아이를 시무룩하고 미심쩍은 표정으로 바라보았지요. 그리고는 한 손을 뻗어 믿지 못하겠다는 듯 그 자그마한 아이를 밀쳐냈지요. 다른 한 손으로는 그 넝마 꾸러미를 꼭 움켜쥐고는 사납게 가슴으로 꼭 끌어안았고요. 자신에게서 그것을 빼앗아가려는 음모라고 생각했던 것이었지요.

누가 아무리 애를 써서 설득해도 그녀는 그 아이가 가까이 다가오도록 허락하지 않았답니다. 결국, 그 어린것은 다시 농장으로 보내져 영영 엄마의 사랑을 모르고 자라게 되었답니다.

조래드의 이야기는 이렇게 끝이 난답니다. 그 이후 그녀는 다시는 아름다운 조래드가 아니라 광녀 조래드로 알려지게 되었지요. 어느 누구도, 심지어 앙브루아즈도 그녀와 결혼하기를 원치 않았지요. 그녀는 그렇게 늙어갔어요. 항상 넝마 꾸러미를 끌어안고 다니는 그녀를 보고 어떤 사람들은 가엾게 여기기도 하고, 어떤 사람들은 비웃기도 하고 그랬지요. 잠드셨어요, 마님?"

"아니, 그 아이를 생각하는 중이었단다. 아. 불쌍한 것, 가여운 것. 마나 룰루. 차라리 죽는 편이 더 나았을걸!"

마나 룰루는 이야기는 모두 크리올 언어로 했지만 마지막에 딜라이 부인이 잠들었는지를 물을 때는 불어를 사용했고, 딜라이 부인도 불어로 대답했다.

늙은 페기 아줌마

전쟁이 끝났을 때, 늙은 페기 아줌마는 주인에게 말했다.

"주인님, 저는 절대로 이곳을 떠나지 않을 겝니다. 늙고 기력도 쇠한 데다 슬프고 죄 많은 이 땅에서 살날도 얼마 남지 않았습죠. 전그저 조용히 마지막을 기다릴 수 있는 조그만 땅 귀퉁이 하나만 있으면 됩지요."

주인 내외는 페기의 애정 어린 마음과 충성스러운 말에 깊은 감동을 받았다. 그래서 남부가 항복한 직후 이어진 대대적인 농장 재건과정에서 노파를 위해 근사한 오두막 하나를 흔쾌히 마련해주었다.마님은 페기에게 안락한 흔들의자를 챙겨주는 것도 잊지 않았는데,페기 아줌마가 감동적으로 표현하는 바에 따르면, "거기 앉아 인생의 마지막을 기다릴" 수도 있을 것이었다.

대략 2년 정도 간격으로 페기 아줌마는 절뚝이며 주인집까지 걸어올라와서 이젠 익숙하다 못해 외울 정도가 되어버린 틀에 박힌 말을 하곤 했다.

"마님, 마지막으로 다들 뵙고 싶어서 왔습지요. 평안하신지 뵈려고요. 도련님들, 큰도련님, 작은도련님도 뵙고 싶어요. 너무 늦기 전에 그림도, 사진도, 피아노도, 모두 다 보고 싶답니다. 한쪽 눈은 이미 못쓰게 되어버렸고, 다른 한쪽도 빠르게 망가지고 있습죠. 언제든 잠에서 깼다가 눈이 완전히 먼 상태가 돼도 이상한 일이 아니라니까요."

그렇게 방문을 한 날이면 페기 아줌마는 언제나 주인집에서 받은 것들로 앞치마를 넉넉하게 채워 오두막으로 돌아가곤 했다.

별 도움도 되지 않는 여인을 그렇게 오랫동안 부양하는 점에 대해 언젠가 한번 주인나리가 느꼈던 망설임 같은 것도 이미 오래전에 사라졌다. 대신 그는 페기 아줌마에 대해 엄청난 놀라움을 느꼈다. 한 흑인 노파가 마음을 먹으면 도달할 수 있는 불가사의한 나이에 대한 경이로움! 페기 아줌마는 백 살하고도 스물다섯이나 되었다. 그녀의 말도 그랬다.

하지만, 이것은 사실이 아닐 수도 있다. 그녀는 어쩌면 나이가 더 많을지도 모를 일이다.

돌연한 깨달음

"문 닫고 나가요! 내 말 안 들려요? 문 닫으라고요!"

롤로테의 갈색 눈은 분노로 이글거리고 자그마한 체구는 몸서리 치듯 떨렸다. 그녀는 막 오두막에 들어서는 사내로부터 지키기라도 하듯 초라한 식탁을 막아서서 문 쪽을 가리키며 사내에게 나가라고 윽박질렀다.

"오늘 저녁은 유난히 심술궂게 구는구나, 롤로테. 아침부터 기분이 안 좋은 모양이구나. 어이, 베베스트? 자크? 니들 생각은 어떠냐?"

식탁에 앉은 두 개구쟁이는 아버지의 뻔한 넉살에 한통속이 되어 키득거렸다.

"지긋지긋하다구요, 나도!" 두 팔을 옆으로 축 내려뜨린 그녀가 절망감이 가득한 목소리를 내질렀다. "일! 일! 허구헌날 일! 대체 뭘 위해? 내커터시 제일의 께으름뱅이 멕여살리자고?"

"자, 롤로테. 생각 좀 하고 말해라." 아버지가 타이르듯 말했다. "나 실베스트 보든은 누구한테도 먹여살려달라고 애원하지 않는다."

"아버지가 언제 집에 설탕 한 조각이라도 들고 온 적 있어요?" 롤로테가 맹렬하게 쏘아붙였다. "커피나 고기 한 덩이라도 언제 가져 왔냐구요! 노노미는 맨날 아픈데 집에 있는 거라곤 옥수수빵과 돼지 고기뿐이고. 그래, 베베스트나 나나 자크야 그렇다 쳐요, 하지만 노노미는? 그걸론 안 된다구요!"

롤로테는 목이 멘 듯 돌아서서 먹을 거라곤 옥수수빵이 전부인 볼품없는 식탁에서 동그랗고 눅눅한 빵을 잘랐다.

"가엾은 노노미. 무슨 수를 써서라도 열을 내려야 할 텐데. 롤로테, 넌 가끔 노노미를 위해서라면 닭이라도 잡으려 하잖았니." 식탁에 앉은 그는 여전히 침착한 태도를 보이고 있었다.

"마지막 남았던 수탉도 벌써 해치운 거 몰라요?" 롤로테가 분통을 터트리며 소리쳤다. "그런데 이젠 저 암탉마저 잡으라구요? 저 암탉마저 없으면 내다 팔 계란은 어서 나고요! 이 집 어디 뭐라도 살 수 있는 땡전 한 푼이라도 있어요?"

그때 어린 자크가 쫑알거리듯 물었다. "아빠, 아까 올 때 뭐 끌고 오는 소릴 들은 것 같은데, 뭐야?"

"아, 그거! 롤로테가 저리 야단스럽게 몰아붙이지만 않았으면 내일 내가 할 일에 대해 먼저 말했을 게다. 니가 들은 건 목화 세 짐을 실은 조 듀플랑 씨네 노새 마차 소리다. 아침 일찍 저 짐을 나루로 옮길 게야. 사람이 일을 하려면 먹어야지, 암, 그건 틀림없는 사실이지."

롤로테는 맨발로 거칠고 얇은 판자로 된 바닥을 소리 없이 지나 아픈 노노미가 잠든 방으로 향했다. 그녀는 노노미를 둘러싼 성긴 모기장을 걷고 침대 머리맡의 투박한 의자에 앉아 잠든 아이에게 다정하게 부채질을 하기 시작했다.

남부에서 으레 그렇듯 어둠은 재바르게 내려앉았다. 창문 밖에 바투 다가선 이끼 덮인 참나무 가지 사이사이로 달빛이 서서히 비치기 시작하자 롤로테의 눈이 휘둥그레졌다. 피곤에 지친 그녀는 곧 노노미와 마찬가지로 곤한 잠에 빠져들었다. 작은 개 한 마리가 몰래 방으로 들어와 롤로테의 맨발을 다정하게 핥았다. 촉촉하고 따뜻한 그 촉감이 롤로테를 깨웠다.

집 안은 어둑하고 고즈넉했다. 모기에 물린 노노미가 나지막이 칭얼거렸다. 건넌방에는 아버지와 다른 동생들이 잠들어 있었다. 노노미를 달랜 후 밖으로 나가 우물에서 시원한 물을 한 양동이 떠온 롤로테는 잠들어 있는 노노미 곁에 조용히 몸을 뉘었다.

그날 밤 롤로테는 일을 마친 아버지가 아픈 노노미를 위해 주머니에 달콤한 오렌지를 담아오는 꿈을 꾸었다.

동틀 무렵 아버지가 부지런히 움직이는 소리가 들리자 롤로테는 얼마간 안도감을 느꼈다. 그녀는 가만히 누운 그대로 아버지가 나갈 준비를 하며 부스럭거리는 소리를 들었다. 이윽고 아버지가 집을 나서자 그녀는 마당에서 마차를 몰고 나가는 소리가 들리기를 기다렸다. 그러나 한참이 지나도록 말발굽 소리도 마차 바퀴 소리도 들리지 않았다. 불안한 마음에 문가로 가 밖을 내다보았다. 덩치 큰 노새는 전날 밤 묶어둔 자리에 그대로 있었다. 마차 역시 마찬가지였다.

롤로테의 가슴이 무너져 내렸다. 좁다란 현관의 지붕을 받치고 있는 키 낮은 서까래 주위를 얼른 둘러보았다. 아버지의 낚싯대와 들통이 늘 걸려 있는 곳. 하지만 낚싯대도, 들통도 없었다.

"소용없어, 아무 소용 없어." 돌아서며 중얼거리는 롤로테의 눈에 무언가 비통한 감정이 어른거렸다.

부실한 아침을 챙겨 먹고 식탁을 치운 후 롤로테는 단호한 태도로 두 동생에게 말했다.

"베베스트," 둘 중 큰아이를 먼저 불렀다. "저 마차에 노새들 먹일 옥수수가 있는지 가보고 와."

"있어. 노새들 옥수수 먹었어. 아빠가 줬어. 여물통에 옥수수 대 있는 거 내가 봤어."

"그럼 넌 내가 마차에 노새 매는 거 좀 도와줘. 자크, 넌 민티 아줌마한테 가서 내가 나루에 노새들 몰고 가는 동안 와서 노노미 좀 봐줄 수 있는지 물어봐."

롤로테는 아무래도 아버지의 일을 대신하기로 단단히 마음먹은 듯했다. 그 무엇도 롤로테를 막지 못할 것이다. 동생들이 기겁하듯 놀라고 민티 아줌마가 아무리 심하게 반대해도 소용없을 일이었다. 롤로테가 마차에 막 올랐을 때 뚱뚱한 흑인 여자가 숨을 가쁘게 몰아쉬며 마당으로 들어섰다.

"얼릉 내려, 거기서. 애야! 너 정신이 나가도 아주 단단히 나갔구나?" 그녀가 큰 소리로 나무랐다.

"아뇨, 멀쩡해요. 그냥 배가 고플 뿐이죠, 민티 아줌마. 우린 다 배가 고프다구요. 이 집에서 누군가는 일을 해야지요."

"열일곱도 안 된 계집애가 뭘 할 수 있다고 그래! 게다가 듀플랑 어른의 노새를 몰겠다니! 니 아빠한텐 뭐라 하고?"

"제발, 그냥 아무렇게나 아줌마 맘대로 말해요. 그래도 노노미는 봐주세요. 노노미 먹을 꺼는 옆에 챙겨놨어요."

"그건 신경 쓰지 마라." 민티 아줌마가 대답했다. "나도 그 아이 줄 껀 좀 가져왔다. 걔는 내가 봐주마."

롤로테는 민티 아주머니가 다가오면서 무언가를 감추는 걸 보고는 뭔지 보여달라고 했다. 크고 묵직해 보이는 닭이었다.

"언제부터 아줌마가 브라마 닭을 길렀어요?" 롤로테가 미심쩍은 듯 물었다.

"참, 별나기도! 다리에 깃털만 있으면 다 브라마 닭인 줄 아는 모양이지. 이건 늙은 암탉이야."

"어쨌거나 그 닭은 노노미 먹이지 않으셔도 돼요. 우리 집에서 그 닭으로는 음식 하지 마세요."

민티 아주머니는 롤로테의 말에는 신경도 안 쓰고 큰 소리로 노노미를 불러대며 집 쪽으로 향했고, 롤로테는 덜컹거리는 마차를 몰고 갔다.

그녀는 자신의 만류에도 불구하고 민티 아주머니가 그 닭을 요리해 먹일 거라는 걸 알고 있었다. 집으로 돌아왔을 때 배고픔에 못 이겨 롤로테 자신도 어쩌면 같이 먹을지도 모를 일이었다.

"다음엔 나도 한통속이 되겠지." 중얼거리는 그녀의 두 뺨 위로 눈물이 뚝뚝 떨어졌다.

"민티 아줌마, 그거 정말 브라마 닭 같아요." 자그만 몸집의 생기 없는 자크가 큼지막한 닭의 털을 뽑고 있는 그녀를 지켜보며 말했다.

"너 몇 살이지?" 그녀가 조용히 되물었다.

"나도 몰라요."

"그런 것도 모르면 입 다물고 있는 게 좋을 거다, 꼬맹아."

그러자 일하며 웅얼거리는 그녀의 단조로운 노랫소리 외에는 아무 소리도 들리지 않았다. 자크가 다시 입을 열었다.

"민티 아줌마, 그거 정말 듀플랑 마님이 기르는 브라마 닭 같아요."

"저기, 전쟁 나기 전에 내가 살던 곳에선 말이다ㅡ"

"올드 켄터키 말이지요, 아줌마?"

"그래, 올드 켄터키."

"거긴 여기처럼 시골이 아니죠, 민티 아줌마?"

"그렇지, 얘야. 거긴 여기하곤 달라. 거기 켄터키에서는 말이다. 꼬맹이들이 '브라마 닭'이란 말을 입 밖에 내면 잡아다가 재갈을 물리고 두 손을 뒤로 묶어 세워놓는다. 그렇게 꼼짝도 못 하고 서서 사람들이 둘러앉아 닭고기 수프 먹는 걸 쳐다보게 한단다."

자크는 자기의 입을 봉하기라도 하듯 얼른 손등으로 입을 막았다. 하지만 그것만 가지고는 충분하지 않을까 봐 조심스럽게 슬그머니 자리를 뜨더니 노노미의 곁으로 가 앉았다. 그리고는 꾹 참고 다가오는 성찬을 기다렸다.

세상에 무슨 조화를 부린 것인지! 롤로테가 선반 위에 잘 놓아두었던 고슬고슬한 밥을 넣은 걸쭉한 황금색 수프는 큼지막한 냄비에 담겨 맛깔스러워 보였다. 한입씩 먹을 때마다 배고팠던 아이들 몸에 신선한 피가 흐르고 눈에는 생기가 도는 것 같았다.

그뿐만 아니었다. 그날은 수프 말고도 먹을 게 넘쳐났다. 아버지가 가져온 윤기가 자르르한 싱싱한 농어와 송어를 민티 아주머니가 진한 닭기름을 발라가며 센 숯불에 맛있게 구워냈다.

"있잖소." 실베스트가 입을 뗐다. "오늘 아침에 일어나 날이 흐린 걸 보고 혼자 생각했다오. '실베스트, 방수포 없다는 거 알지. 목화솜을 싣고 가는 동안 혹시 비라도 오면 저 목화솜은 다 망치는 거야. 그러니 저기 라핌 호수 쪽으로 가는 게 낫겠어. 거기선 모기가 무는 것보다 더 빨리 송어가 미끼를 물어대니 애들 먹일 고기를 많이 잡을 수 있을 거야.' 헌데 롤로테는 대체 어쩌려고 거길 갔답디까? 걔가 가려고 하는 걸 알았을 때 말렸어야지요, 민티 아주머니."

"내가 걜 안 말렸겠어요? '니 아빠한테 뭐라고 하고?'라고 안 물어봤겠냐구요. 그랬더니 걔가 뭐랬냐면요. '가서 목매 죽어버리라고 하세요, 쓸모없는 늙은 건달 같으니라고! 우리 가족을 먹여살릴 사람은 나라구요!' 그러더라고요."

"롤로테가 그럴 리가⋯⋯, 민티 아줌마. 분명히 아줌마가 잘못 들었을 거예요. 그렇지, 노노미?"

사람 좋아 보이는 그의 얼굴에 비치는 당혹스러운 표정을 막을 수 없었다. 노노미는 명랑한 표정으로 고개를 끄덕였다.

"머리가 아주 개운해졌어요. 롤로테 누나가 오면 좋겠어요, 말해주게." 아이가 또랑또랑하게 말했다. 그러고는 침대에서 몸을 돌려

먼지가 자욱한 길을 내려다보며, 갈 때처럼 목화솜 포대 위에 앉아 노새들을 몰고 누나가 나타나기를 바랐다. 하지만 뜨겁고 건조한 오전 내내 아무도 오지 않았다. 한낮이 되어서야 어깨가 떡 벌어진 젊은 흑인이 흙먼지 사이로 말을 타고 나타났다.

오두막 문 앞에서 내린 젊은이는 문설주에 느긋하게 어깨를 기대고 섰다.

"아, 여기 있었군요." 그는 실베스트에게 다소 무례하게 말을 걸어왔다.

"손님처럼 여기 이러고 앉아 있네요. 저기 조 나리께서 아저씨가 죽었는지 알아보라고 저를 보내셨지요."

"조 듀플랑 씨가 농담하신 거겠지." 실베스트가 거북하게 웃으며 말했다.

"아저씨한텐 농담처럼 들릴지도 모르지만 듀플랑 나리한텐 아니죠. 나리 마차 중 하나가 박살 나서 불쏘시개가 돼 버리고 최고의 마차 말들은 온 사방으로 흩어질 판인데요. 하여튼 그거야 농담이건 아니건 간에 나리께서 아저씨를 찾아내길 바라지 않는 게 좋을 겁니다."

"아, 이런 젠장!" 실베스트는 비틀거리며 일어서면서 고함을 질렀다. 잠시 주춤하고 서 있던 그는 휘청거리며 젊은이 옆을 지나 미친 듯이 길 아래쪽으로 달려갔다.

거기 서 있는 말을 타고 갈 수도 있었겠지만 그는 두 발로 비틀거리며 달려갔다. 그의 영혼이 끔찍한 장면을 목격하기라도 한 것처럼 눈에 두려운 표정이 서려 있었다.

나루터로 가는 길은 외진 곳이었다. 길을 따라가니 롤로테가 몰고 간 마차 바퀴 자국을 쉽게 찾을 수 있었다.

바퀴 자국은 얼마간은 길을 따라 곧장 이어졌다. 그러다가 마치 정신 나간 사람이 마차를 몰기라도 한 듯 그루터기와 작은 언덕 위를 향해 나 있었다. 길 양옆의 관목들은 뭉개지고 나무껍질이 벗겨져 있었다.

바퀴 자국을 따라 굽이를 돌 때마다 실베스트는 바닥에 정신을 잃고 쓰러져 있는 롤로테라도 찾을 수 있기를 바랐다. 하지만 도무지 그녀의 흔적은 보이지 않았다.

이윽고 그는 나루터까지 왔다. 강 쪽으로 비스듬하게 경사진 황량한 나루터에는 어수선하게 흐트러진 짐 같은 거라도 대충 쌓아둘 수 있도록 깔끔하게 트여 있는 공터가 있었다. 바로 그 공터에 마차 바퀴 자국이 나 있었다. 도저히 납득이 안 될 정도로 갑작스럽게 휙 방향을 튼 바퀴 자국이 강기슭까지 뚜렷하게 이어져 내려가더니 강물 속에도 흔적이 일부 남아 있었다. 하지만 어디에서도 롤로테의 자취는 찾아볼 수 없었다.

"롤로테!" 실베스트는 적막 속에 딸아이의 이름을 소리쳐 불렀다. "롤로테, 내 딸, 롤로테!" 하지만 딸을 부르는 그의 외침이 메아리로 들려오고 붉은 강물 소리만 발밑에서 찰랑일 뿐 아무런 대답도 없었다.

강물을 바라보는 그는 두려움과 비통함으로 가슴이 미어졌다.

마치 땅이 갈라져 삼켜버리기라도 한 듯 롤로테는 감쪽같이 사라져버렸다. 그렇게 며칠이 지나자 사람들은 대체로 롤로테가 익사한 것 같다고 믿기 시작했다. 마차 바퀴 흔적을 보면 알 수 있듯 급하게 방향을 틀다가 그만 마차에서 굴러떨어져 급류에 휩쓸려 가버린 것 같다고들 생각했다.

롤로테를 찾아 헤매던 며칠 동안 실베스트 노인은 애타는 마음 때문에 잠을 이루지 못한 채 꼬박 밤을 샜다. 수색이 끝난 뒤에는 온통 자포자기한 듯 절망감이 그를 엄습해 왔다.

그 상황을 지켜보며 가슴 아파하던 듀플랑 마님은 네 살배기 노노미를 세니에르 농장으로 데려갔다. 어린 노노미는 갑자기 변한 주변 환경의 아름다운 모습과 편안함에 기가 한풀 꺾인 것 같았지만 변함 없이 누나가 돌아올 것이라 생각하며 매일매일 롤로테를 기다렸다. 사람들이 롤로테가 실종되었다는 슬픈 소식을 아이에게 전하지 않았던 것이다.

다른 두 아이들은 잠시 동안 민티 아줌마에게 맡겨두고, 실베스트 노인은 마치 무엇엔가 쫓기기라도 하는 사람처럼 온 사방을 헤매다녔다. 느긋하게 만족하면서 한갓지게 여유 부리던 그가 잠시도 쉬지 못하는 불안감에 쫓기는 사람으로 변했다.

뭐라도 먹어야겠다는 생각에 그가 음식을 청하러 들렀던 곳은 흑인이 사는 초라한 오두막이었다. 집주인은 그의 청을 거절하지 않았다. 슬픔 가득한 그의 모습에는 경외심마저 불러일으키는 위엄이 있었다.

어느 이른 아침에 초췌한 행색을 한 그가 농장주인 앞에 나타났다.

"듀플랑 어르신," 손에 모자를 들고 멍하니 허공을 바라보며 그가 말했다. "제가 안 해본 일이 없습죠. 창고 복도에 가만히 앉아 있어도 봤고, 걸어도 보고 달려도 봤습죠. 그래도 아무 소용 없었습죠. 늘 뭔가가 절 짓눌러댑니다. 낚시를 갔습죠. 그것마저 그 어느 때보다 절 괴롭히는 일이었습지요, 제길! 듀플랑 어르신, 일거리 좀 주십쇼!"

농장주인은 곧장 그에게 쟁기를 쥐여주었다. 온 농장에서 그 노인보다 더 깊고 빠르게 땅을 고르는 이는 없었다. 그는 맨 먼저 들판에 나가고 제일 나중까지 들판에 남아 일을 했다. 새벽부터 해 질 때까지, 나중에는 몸을 제대로 움직이지도 못할 때까지 일을 하고 또 했다. 사람들은 의아해하고 흑인들은 신들린 게 아닌가 수군거리기 시작했다.

듀플랑 씨가 롤로테의 알 수 없는 실종에 대해 조심스럽게 차근차근 되짚어보자 문득 한 생각이 떠올랐다. 하지만 그 아이 일로 슬퍼하는 사람들 마음에 헛된 희망을 품게 할까 봐 두렵기도 했던 그는 자신의 막연한 느낌을 아내에게만 말했다. 사업차 뉴올리언스로 떠나기 전날에야 그는 아내에게 자기 짐작을 말했다. 그건 어쩌면 자기가 바라는 바이기도 했다.

불과 며칠 후 집으로 돌아오는 길에 그는 실베스트가 온 힘을 다해 미친 듯 일하고 있는 들판으로 갔다.

"이보게, 실베스트." 일하는 그를 잠깐 지켜보고 서 있던 듀플랑 씨가 나지막이 말을 걸었다. "자네 딸 소식을 들을 거란 희망은 이제 영영 포기했나?"

"전 잘 모르겠습니다. 모르겠어요. 그냥 일이나 할랍니다, 듀플랑 나리."

"난 말이야, 그 아이가 살아 있다고 믿는다네."

"그걸 믿는다고요, 어르신?" 그의 초췌한 얼굴이 애원하는 듯 찌푸린 주름살로 인해 불쌍해 보였다.

"아니 나는 그 사실을 안다네." 듀플랑 씨가 최대한 차분하고 나지막이 말했다. "잠깐만 마음을 가라앉히게! 자, 나하고 같이 집으로 가세. 나처럼 그 사실을 알고 있는 사람이 있다네. 자네 딸을 본 적이 있는 사람이 있단 말일세."

듀플랑 씨는 향긋한 꽃향기가 은은하게 스며오는 널찍하고 시원한 멋진 방으로 그를 데려갔다. 덧문들이 반쯤 닫혀 있는 방에는 그늘이 드리워져 있었다. 하지만 아주 어둡지는 않아서 실베스트는 커다란 등나무 의자에 앉아 있는 롤로테를 금방 알아볼 수 있었다.

롤로테는 걸치고 있는 가운만큼이나 뽀얀 얼굴을 하고 앉아 있었다. 단정하게 신발을 갖춰 신은 발을 쿠션 위에 편안하게 올려놓고 짧게 자른 검은 머리는 관자놀이께에서 동그랗게 말린 고리 모양을 하고 있었다.

"아아!" 그녀를 본 실베스트가 주름진 목을 움켜쥐며 놀라 소리쳤다. 그러고는 정신 나간 사람처럼 웃다가 이내 흐느껴 울기 시작했다.

그는 바닥에 무릎을 꿇고 그녀의 무릎과 그를 향해 내민 딸의 손에 입을 맞추며 그저 한없이 흐느껴 울기만 했다. 그녀 가까이 서 있는 어린 노노미는 뺨에 홍조가 번져 건강해 보였다. 눈앞에 펼쳐진 영문을 알 수 없는 놀라운 광경에 몹시 당황하는 베베스트와 자크의 모습도 보였다.

"듀플랑 나리, 저 아이를 어디서 찾으셨나요?" 딸을 보자마자 떠올랐던 기쁨 가득한 상기된 표정이 가라앉자 실베스트는 이렇게 물으면서 거친 면소매로 연신 눈물을 훔쳤다.

"듀플랑 나리께서 저 먼 도시 병원에 있던 저를 찾아주셨어요, 아빠." 농장주인이 미처 목청을 가다듬기도 전에 롤로테가 대답했다. "저는 아무도 몰라봤어요. 제 자신이 누군지도 몰랐다고요. 그러다 어느 날 뒤돌아보니 듀플랑 나리가 거기 서 계신 게 보였어요."

"네가 듀플랑 나리를 어찌 모를 수가 있었겠냐, 롤로테." 실베스트가 어린아이처럼 활짝 웃으며 말했다.

"그럼요. 게다가 배가 멈추려고 고동을 울렸을 때 그 노새들이 어찌나 겁을 먹었던지 저를 곧장 땅바닥에 내팽개쳐버린 것도 금방 기억났지요. 청소부라던 물라토 여인이 내내 제 곁을 지켜주었던 것도 이제 기억이 나요."

"말을 너무 많이 하면 안 된단다, 롤로테." 듀플랑 부인이 말을 끊으며 다가와 친절하게도 소녀의 이마에 손도 얹어보고 맥 뛰는 것도 짚어봤다.

그러면서 롤로테가 힘들게 더 말을 하지 않아도 되도록 그때의 상황을 설명했다. 사고가 있던 그날, 목화씨 보따리를 싣기 위해 인적 드문 나루터에 도착한 뱃사람들이 강가에 의식을 잃고 쓰러져 있던 롤로테를 발견하고는 저 어디 하늘에서 떨어진 게 틀림없다 생각하고 배에 태워 데려간 것이었다.

그 이후 그 배는 방향을 바꿔 다른 물길을 따라 떠난 뒤 다시는 듀플랑 나루터로 돌아오지 않았다. 롤로테를 돌보고 병원에 데려다주었던 그 뱃사람들은 롤로테가 곧 정신을 차리고 자신이 누군지 말할 것이라 생각하고 더 이상 그녀 문제로 신경 쓰지 않았다.

"아이고, 너 게 있구나!" 거의 비명에 가까운 소리를 질러대는 민티 아줌마의 까만 얼굴이 문가에서 빛났다. "거기 그렇게 앉아 있으니 꼭 백인 같구나!"

"제가 언제는 백인 아니었나요, 민티 아줌마?" 롤로테가 힘없이 웃었다.

"됐다, 애야. 날 알면서. 나쁜 뜻은 없단다."

"자, 이보게 실베스트," 듀플랑 씨가 일어나 주머니에 손을 찌른 채 이리저리 오가며 말했다. "내 말 잘 들게. 롤로테가 다시 기운을 차리려면 꽤 긴 시간이 필요할 거야. 저 아이가 완전히 회복될 때까지는 민티가 자네를 위해 집안일을 봐줄 걸세. 하지만 내가 하고 싶은 말이 있네. 이 아이들을 한 번 더 자네 손에 맡기겠네. 그러니 자네가 이 아이들의 아버지라는 사실을, 자네가 사내라는 사실을 다시는 잊지 말게. 알아듣겠나?"

실베스트 노인은 롤로테의 손을 꼭 잡고 서 있었다. 롤로테는 애정을 담뿍 담아 아버지의 손을 자신의 뺨에 부벼댔다.

"자비로우신 듀플랑 어르신." 실베스트가 대답했다. "신께서 절 보살펴주실 테니, 저도 최선을 다합지요!"

가정사

마담 솔리셍은 짐마차가 덜컹거리며 마당을 벗어나 역으로 출발하자마자 기대에 들떠 초조해졌다.

그녀는 엄청나게 비대했다. 그녀가 앉아 있는 커다란 의자의 틈과 구석구석 휘어진 곳까지 살들이 가득 채우고 있어서 마치 통에 물을 가득 담아놓은 것 같았다. 그녀는 갈색 잔가지 무늬가 수놓인 헐렁한 옥양목 실내복을 걸치고 있었다. 두 뺨의 살은 축 처져 있었고 입술은 얇고 단호해 보였다. 자그만 눈은 소심한 듯 경계심이 가득했다. 희끗희끗 센 갈색 머리카락은 한물간 방식으로 매만져놓았다. 휑하게 머리가 빠진 부분을 감추려고 이마 한가운데서 뒤로 빗어 넘겨 촘촘한 망사로 묶고, 옆머리는 작고 딱 붙은 귀 위로 부드럽게 붙여놓았다.

그녀가 있는 방은 널찍했지만 카펫은 깔려 있지 않았다. 큼직큼직한 멋진 가구들이 있었고 벽난로 위에는 근사한 커다란 황동 시계가 놓여 있었다.

마담 솔리셍은 마당과, 집에서 조금 떨어져 있는 벽돌로 지은 부엌, 그리고 흑인들의 거주지로 이어지는 들판 길이 내려다보이는 뒤쪽 창문 앞에 앉아 있었다. 그녀는 의자를 떠날 수가 없었다. 아침에 그녀를 침대에서 끌어내는 일은 몹시 중요한 일이었고, 밤에 그녀를 다시 침대로 데려가는 일도 그에 못지않게 힘든 일이었다.

말년에 그처럼 옴짝달싹 못하게 되어 집안일을 두루 살피지도 못하고 무엇 하나 마음대로 할 수 없게 된 것은 이 노부인에게는 무척이나 마음 아프고 고통스러운 일이었다. 그녀는 온 사방에서 끊임없이 무언가를 도둑맞고 있는 게 틀림없다고 생각했다. 그녀의 심복 하인인 열여섯 살짜리 흑인 소녀 딤플에 의해 이런 확신은 더욱 부추겨지고 생생해졌다. 맨발로 살금살금 돌아다니는 그녀는 부엌에서도 흑인 거주지에서도 환영받지 못했다.

마담 솔리셍은 뉴올리언스에서 조카딸 하나를 데려다 머물게 해야겠다는 생각을 했다. 그렇게 하면 조카딸과 가족 모두에게 대단한 친절을 베푸는 일일 뿐 아니라 자기 자신에게도 여러 면에서 도움이 되고, 가정부를 고용하는 것보다 비용도 훨씬 적게 드는 일일 것이라고 생각했다.

그녀에게는 서로 무심하게 지내는, 형편이 썩 좋지 못한 조카딸 넷이 있었다. 이 가운데 한 명이 농장을 자기 집 삼아 지내도록 하는 결정을 내릴 때 그녀는 선택권을 행사하지 않고, 여동생과 조카딸들이 정하도록 맡겼다.

이모 집에 가겠다고 동의한 것은 보세이였다. 아이의 엄마는 그 아이의 이름을 보쎄라고 썼지만 아이 자신은 보세이라고 했다. 그러나 대체로 그녀는 보세라 불렸다. 그녀가 선택된 데는 아이의 엄마가 편지에 써 보낸 것처럼 몇 가지 이유가 있었다. 보세이는 훌륭한 관리자였고 더할 나위 없이 탁월한 살림꾼인데다 함께 있으면 누구라도 기분이 좋아지고 활기찬 느낌을 갖게 되는 보기 드문 상냥한 성격의 소유자였다.

엄마가 편지에 쓰지 않은 내용도 있었다. 비록 한시적이라고는 해도 나머지 아이들 가운데 누구도 펠리시에 이모 곁에 머물려는 생각은 아예 하지 않았다는 것이다. 보세이가 제안에 동의한 것은 그 일이 그저 시험 삼아 해보는 것이고, 강철 같은 의무 따위는 지지 않아도 된다는 생각에서였다.

마담 솔리셍은 조카딸을 맞이하러 역에 보낸 짐마차가 돌아오기를 초조하게 기다리고 있었다. "아직 마차가 오는 기척이 없지, 딤플? 아직 안 보여? 아직 마차 소리 안 들리니?"

"예, 마님. 아직 아무런 기척이 업써요. 열차는 막 역을 떠나써요. 기적 소리를 들어써요." 딤플은 주인마님이 열어둔 창문 옆 뒤쪽 현관에 서 있었다. 그 아이는 아주 볼품없고 몸에도 맞지 않는 캘리코 천으로 된 옷을 걸치고 있어서 여기저기 해진 구멍과 벌어진 틈 사이로 점점 자라는 몸이 삐져나오고 있었다. 그녀는 허리 뒤춤을 굽은 핀으로 연신 고정시키고 있었지만 핀은 계속 꺾여 풀어졌다. 옷을 핀으로 고정하고 낡은 놋쇠 옷핀의 모양을 잡는 일이 시간을 많이 잡아먹었다.

"그래, 날씨가 몹시 무더우니 노새들을 아주 천천히 몰고 오라고 다니엘에게 이야기는 했다만. 노새들이 튼튼한 것도 아니고." 마님이 말했다.

"들판 길에 있을 때는 아주 천천히 몰지요!" 딤플이 소리쳤다. "마님이 못 보시는 큰길을 돌아갈 때면, 아! 아! 노새들을 얼마나 빨리 몬다고요!"

마담 솔리셍은 입을 꼭 다물고 눈을 껌뻑였다. 딤플의 이런 폭로에 뭐라고 달리 대꾸할 수도 없이 삭힌 말들이 가슴속에서 곪아 터졌다.

실제로는 농장 일꾼인 뼈대가 굵은 요리사가 프라이팬과 들통을 들고 저녁거리에 쓸 물건을 꺼내러 왔다. 마담은 사람들을 시켜 방 한 켠 바로 자기 코앞에 만들어둔 커다란 옷장이나 찬장에 식료품을 보관했다. 조금 남은 버터는 화덕 위에 있는 병에, 달걀은 그 옆에 보이는 못에 걸어둔 바구니에 보관되어 있었다.

딤플이 들어오더니 마님의 가방에서 열쇠를 꺼내 찬장 문을 열었다. 그녀가 밀가루 조금, 곡물가루 조금, 커피 한 컵, 설탕 약간, 베이컨 한 조각을 내주었다. 푸딩을 만들려면 달걀은 네 개가 필요했지만 마담은 두 개면 충분하다고 생각했다. 결국 세 개로 절충이 되었다.

보세이 브랭토니에 양이 트렁크 세 개, 양철로 된 커다란 둥근 목욕통, 한 다발이나 되는 우산과 양산과 함께 작은 개 한 마리를 데리고 왔다. 예쁘장하고 활력 넘치는 아가씨였다. 턱은 꼿꼿이 세우고 최신 유행하는 옷을 우아하게 갖춰 입은 그녀에게서 부산스러우면서 젠체하는 분위기가 풍기고 있었다. 들판 길로 달려온 다니엘은 그녀를 뒤쪽 현관에 내려주었다. 마담이 창을 통해 그녀가 도착하는 모습을 훤히 다 볼 수 있는 곳이었다.

"펠리시에 이모, 사륜마차를 보내주실 거라 생각했어요. 그런데 다니엘이 그러더군요. 이모 댁에는 사륜마차가 없다구요." 첫인사가 끝나자마자 그녀가 말했다. 트렁크는 방으로 들려 보내고 대야는 침대 밑에 밀어 넣어두라 한 다음 개를 쓰다듬으며 이모와 이야기를 나누는 중이었다.

노부인은 못마땅한 듯 고개를 가로젓고 입술을 삐죽거리면서 비웃음이 담긴 미소를 지었다.

"오! 아니야! 없는 게 아니란다! 낡은 사륜마차는 오래전에 제피르 라블라테에게 팔아서 그렇단다. 헛간에 처박혀 썩어가고 있었거든. 내가, 내가 말이다, 보다시피 여기서 꼼짝도 할 수가 없단다. 산책은 고사하고 성당 안 간 지도 족히 이 년이 되었다."

"펠리시에 이모, 제가 다 알아서 살피면서 이모님의 짐을 덜어드릴게요." 그녀가 쾌활하게 말을 했다. "제가 이모님을 행복하게 해드릴 테니, 이모님이 얼마나 빨리 좋아지실지 두고 보세요. 두 달도 안 되어 이모님이 일어나 누구 못지않게 기운차게 걷게 해드릴게요."

마담은 썩 기대하지 않았다. 체념 가득한 태도로 시큰둥하게 그녀가 대꾸했다. "네 외할머니도 똑같았다. 백약이 무효였지. 지금 나 같은 모습으로 오래 사셨다. 네 엄마가 자주 얘기했을 게다."

브랭토니에 부인은 딸아이들에게 자기 언니에 대해 험담을 하지는 않았지만, 좀 더 냉정한 친척들이 있어서 보세이는 이모의 탐욕스러움과 재산을 장악한 방식에 대해 종종 들은 적이 있었다. 어떻게 이모가 외할머니의 재산에 손을 뻗쳐 뻔뻔스럽게도 당연한 듯 그걸 다 차지하게 되었는지 하는 내막을. 그녀는 외할머니가 저 커다란 의자에 무기력하게 앉아 있는 동안 펠리시에 이모가 안주인 자리를 차지한 것이 틀림없다고 생각했다. 하지만 그녀는 악한 마음을 품는 사람이 아니었다. 그녀는 늘그막에 자녀도 없이 저렇게 고통받는 펠리시에 이모를 몹시 측은하게 여겼다.

마담은 뉴올리언스에서 온 조카딸에 대한 불편한 마음으로 그날 밤 내내 깨어 있었다. 자신이 기대했던 그런 아이가 아니었다. 지나치게 많은 트렁크에 목욕통이며 개까지 어느 것 하나 마음에 들지 않았다. 모든 게 뭔가 굳은 결심을 드러내며 앞으로 다가올 파란을 암시하고 있었다. 다음 날 아침 딤플은 보세이 양이 마님을 깜짝 놀래주려고 준비한 일이 있으니 그에 관해서는 입도 뻥긋 말라는 경고를 들었다. 깜짝 놀랄 일이란 평소처럼 하인들을 지켜볼 수 있는 익숙한 뒤쪽 창가가 아니라 떡갈나무들과 나뭇잎들이 우거져 좀체 왕래가 없는 길 쪽으로 나 있는 거실 창가로 마님을 옮기는 것이었다.

"절대로! 절대로 안 돼! 말도 안 돼!" 자신을 어떻게 하려는지를 눈치챈 노부인이 걷잡을 수 없이 흥분해서 고함을 쳤다.

"이모, 제 말대로 하세요." 보세이는 명랑하지만 단호하게 말했다. "저는 이모를 보살펴드리고 편안하게 모시려고 온 거예요. 그러니 그렇게 해드릴 거예요. 지저분한 깜둥이 꼬맹이들과 흙구덩이에 뒹구는 돼지, 닭들이 수두룩한 저 끔찍한 뒤뜰 대신 여기선 늘 기분

좋고 평온한 광경만 보일 거예요. 딤플이 잡지와 읽을거리들을 가지고 오네요. 딤플, 그것들을 여기 마님 옆 탁자에 놓아라. 이모, 제가 이모 드리려고 뉴올리언스에서 특별히 가져온 것들이에요. 다 보시면 다른 것들도 트렁크에 한가득 있어요."

딤플이 크기도 제각각인 각양각색의 책과 잡지들을 품에 가득 안고 비틀거리며 들어왔다. 무거운 책들을 들고 오며 용을 쓰느라 옷핀이 풀어지는 바람에 딤플은 옷핀이 떨어져 달아나지나 않을까 겁이 났다.

"자, 그러니 이모, 아무 걱정 마시고 책이나 읽으면서 즐겁게 지내세요. 엄마가 보내주신 프랑스 책도 있어요. 도데와 모파상 작품들이죠. 그 밖에도 많아요. 자, 제가 안경도 깨끗하게 닦아드릴게요." 그녀는 한 권의 책에서 툭 떨어진 얇은 화장지로 노부인의 안경을 닦아 주었다.

"자, 이제, 마담 솔리셍, 열쇠를 모두 제게 주세요! 당장 제게 넘겨주세요. 그러면 제가 나가 샅샅이 다 파악해볼게요." 마담은 의자 팔걸이에 매달린 가방을 경련하듯 움켜쥐었다.

"아! 한 가방 가득이네요!" 보세이는 탄성을 지르며 매 발톱 같은 이모의 손가락에서 부드럽지만 다부지게 가방을 뺏어냈다. "아, 참으로 막중한 일이군요! 제가 속속들이 다 알아보려면 오늘 아침에 당장 딤플의 안내를 받는 게 낫겠어요. 딤플이 필요하시면 언제든 지팡이로 저 문을 두드리세요. 자, 딤플, 가자. 옷 좀 제대로 여미고." 딤플은 옷핀을 찾느라 바닥을 스르륵 훑었다. 옷핀은 현관에 떨어져 있었다.

마담 솔리셍이 집안을 거느리던 동안 이 아가씨처럼 권위적인 태도로 그녀에게 이래라저래라 하는 사람은 없었다. 그녀는 어찌 받아들여야 할지 도대체 짐작이 되지 않았다. 애초에 이렇게 거실로 쫓겨나는 것부터 즉각 저항했어야 했다는 생각이 들었다. 그 아이가 노상강도 같은 심보로 열쇠를 내어달라고 요구했을 때 딱 잘라 거절하면서 붙들고 있었어야 했다. 그녀는 불현듯 힘을 모아 지팡이로 바닥을 쾅쾅 소리가 나도록 두드렸다. 딤플이 무슨 일인가 싶은 눈빛을 하고 나타났다.

"딤플, 보세이 양에게 가서 제발 부탁이니 열쇠 꾸러미 가방을 나한테 돌려달라고 전하거라."

딤플은 나가더니 곧장 되돌아왔다.

"보세이 아가씨가 신경 쓰지 마시래요. 거기서 계속 멋진 풍경이나 감상하시래요. 열쇠는 아무 일 업게 하게때요."

한동안 속을 끓인 후 마담이 딤플을 다시 불렀다.

"딤플, 그 가방 안을 몰래 볼 수 있거든 큰 벽장 열쇠를 가져오거라. 알지, 그 열쇠, 놋쇠 열쇠 말이다. 내가 특별히 그 열쇠를 원하는 것처럼 들키지는 말고."

"그 가방은 그 여자가 팔에 들고 다녀요. 줄은 손목에 매고 있꼬요." 딤플이 금방 대꾸했다. 마담 펠리시에는 화가 머리끝까지 나지만 어쩔 도리가 없이 속만 부글부글 끓었다.

"걔는 뭐 하고 있니, 딤플?" 불편한 마음으로 그녀가 물었다.

"찬장 문들을 활짝 열어보고 있어요. 의자 위에 올라서서 구석구석 샅샅이 살펴보고 있어요."

그때 저쪽 먼 방에서 보세이가 부르는 소리가 들렸다. "딤플!" 딤플이 쪼르르 달려갔다. 지난 크리스마스 이래 딤플이 그렇게 신나 들떠 있는 모습을 본 적이 없었다.

잠시 후 부르지도 않았는데 딤플이 기척도 없이 다시 돌아왔다. 마담 펠리시에는 뭐라 말도 할 수 없는 분노를 느끼며 서탁 옆에 앉아 있었다. 문을 닫은 딤플이 이리저리 눈동자를 굴리면서 쉰 소리로 조용히 속삭였다.

"그 여자가 곡물 통을 내던졌어요. 온통 바구미가 들끓었대요."

"바구미가!" 그녀의 주인마님이 소리쳤다.

"예, 마님. 바구미요. 완전히 다 쏟아버렸어요. 닭하고 돼지나 먹지, 사람들 먹을 게 아니고요. 다니엘한테 현관에 다 내놓으라고 시켰지요."

"바구미라고!" 마담 펠리시에는 그 말만 되풀이했다. 흥분을 억누르느라 몸이 부들부들 떨렸다. "그 곡물을 접시에 담아내게 가져오거라, 딤플. 들키지 말고."

딤플이 스커트 자락에 숨겨 가져온 곡물이 든 컵을 두고 두 사람이 고개를 맞댔다.

"바구미가 보이니, 딤플?"

"아뇨, 마님." 딤플은 냄새도 맡아보았다. 마담은 조금 떠서 느껴도 보고 손가락 사이로 한두 꼬집 집어 비벼보기도 했다. 뭉쳐진 데다 곰팡이까지 슬어 칙칙했다.

"수잔도 나와서 도우라고 했고, 샘과 다니엘에게도 그랬지요. 모두가 그 여자를 돕고 있어요." 딤플이 넌지시 고자질을 했다.

"빌어먹을! 설탕 한 알, 비누 한 조각 안 남겠네! 아무것도! 아무것도 안 남겠어! 딤플, 가서 지켜봐. 거기 그렇게 말뚝처럼 서 있지만 말고."

"그 여자가 수잔은 들일하게 되돌려 보낸대요." 딤플은 주인의 충고도 아랑곳하지 않고 계속 말을 했다. "그 여자는 수잔이 요리하는 법도 모른다고 해써요. 수잔은 돌아가겠다고 했고요. 보세이 양은 또 다니엘에게 솜씨 좋은 요리사를 알고 있는지 물어써요. 닭요리, 스테이크도 할 줄 알고, 훌륭한 수프도 끓일 줄 알고, 와플도, 롤도, 프리카세* 요리며 디저트와 커스터드 같은 걸 할 줄 아는 요리사 말이에요."

그녀는 군침을 흘리며 입맛을 다셨다. "다니엘은 자기 부인이 읍내 내로라한 사람들에게 요리를 해주었다고 자랑하면서 아무리 펠리시에 마님이라고 해도 헐값으로 일하지는 않을 것이라고 했지요. 그러자 보세이 양이 '제대로 요리 할 줄 아는 사람이라면 돈은 신경 안 쓰겠다'고 해써요."

꽃그림 그려진 잡지 표지 위에서 마담의 손가락이 신경질적으로 꼼지락거렸다. 그녀는 말이 없었다. 입술은 앙다문 채 작은 두 눈만 껌뻑거렸다.

'이모'가 어찌 있나 보려고 보세이가 문으로 고개를 삐죽 들이밀었을 때 노부인은 잡지를 만지작거리며 열심히 보고 있던 체했다.

"그래요, 이모! 정말 편안해 보이세요. 레모네이드 한 잔 만들어

---

* 닭고기나 송아지 고기를 잘게 썰어 삶은 것에 그 국물을 친 요리. ―옮긴이

드리려고 했는데, 수잔이 그러는데 레몬이 없다네요. 패니 아들더러 라블라테네 가게에 가서 레몬 반 상자 사오라고 했어요. 여름에 레모네이드만 한 게 없잖아요. 얼음도 한 덩이 가져올 거예요. 앞으로는 마을에서 얼음을 주문해야겠어요." 그녀는 체크무늬 드레스에 하얀 앞치마를 걸치고 소매는 팔꿈치까지 걷어 올리고 있었다.

"난 레모네이드 아주 싫어해. 위에 안 좋아." 마담이 격렬하게 말을 가로막았다. "이 집에 레몬 따윈 아무 쓸모도 없어. 얼음 저장할 데는 또 어디 있다고! 패니 아들더러 레몬과 얼음은 신경 쓸 것 없다 그래."

"아, 걔는 벌써 한참 전에 간 걸요! 그리고 얼음은, 다니엘이 톱밥 깐 상자 만들어준다니까 괜찮아요. 닥터 고드프리한테도 만들어줬다더군요. 뒤쪽 현관 아래 두면 돼요." 그러더니 부산스럽게 잔소리해대는 타고난 살림꾼 같은 그녀는 자리를 떴다. 정오가 조금 지난 오후, 딤플이 으스대며 들어오더니 테이블 위의 책을 치우고 하얀 삼베 천을 깔았다. 심기 불편한 황소 앞에 붉은 천을 펼친 것이나 마찬가지였다. 마담이 천을 쏘아보았다.

"그건 어디서 난 거냐?" 당장이라도 딤플을 잡아먹을 듯한 태도였다.

"보세이 양이 큰 벽장에서 꺼내써요. 마대 위에서 식사를 할 순 없다면서요. 우리야 다 식탁보라 부르지만……." 그 천의 한쪽 귀퉁이에는 마담의 모친 이름의 머리글자들이 수놓여 있었다.

"그 여자가 뒤뜰에서 어린 암탉 두 마릴 잡아써요." 딤플이 깍깍 울어대는 까마귀마냥 신이 나서 지껄였다. "다니엘이 말해서 맨디가 거주지에서 어슬렁거리며 왔지요. 저기 부엌에서 한창 준비 중이에요. 라블라테 가게로 돼지기름하고 베이킹파우더도 사러 보냈지요. 패니 아들이 아침 내내 종종거리며 다니는 중이지요. 찬장이 상점 진열장 같아졌어요."

"딤플!" 멀리서 보세이가 부르는 소리가 들렸다.

갔다가 돌아온 딤플은 건방지기가 이루 말할 수 없을 정도였다. 고개는 빳빳이 쳐들고 뒤룩뒤룩 살찐 닭마냥 조심조심 걸음을 옮겼다. 이제껏 마담 솔리셍에게 한 번도 대접한 적이 없는 많은 음식들로 차려진 묵직한 식사 쟁반을 들고 있었다.

맨디는 최고의 솜씨를 발휘했다. 닭가슴살을 나무랄 데 없이 구워 내고, 감자는 뉴올리언스식대로 제대로 튀겼으며, 자기만의 방식대로 온갖 풍성한 재료들을 넣어 푸딩도 만들었다. 그 지역에 소문이 자자했던 바로 그 푸딩 요리였다. 달걀 두 개를 데친 우윳빛 수란과 눈송이처럼 가벼워 보이는 황금빛 비스킷까지 보였다. 흠잡을 데 없이 멋진 은제 포크와 스푼들에는 마담의 모친 이름의 머리글자들이 새겨져 있었다. 식탁보와 함께 벽장에서 내온 것들이었다.

이 예상치 못한 낯선 상황 때문에 마담 솔리셍은 자기 의사를 강력하게 주장할 힘을 잃어버린 것 같았다. 이따금씩 활활 타오르는 불길 같은 분노가 솟구쳤지만 겉으로는 소심하고 순종적인 태도를 보였다. 젊은 하녀와 단 둘이 남았을 때야 비로소 그녀는 자기 속내를 터놓았다.

농장에 온 지 얼마 안 된 어느 날 아침, 보세이는 이모의 몸단장에 특별히 신경을 썼다. 옷장에서 찾아낸 새하얀 스카프를 노부인의 목에 두르고 얼굴에는 자기 화장품 가방에서 꺼낸 분을 발라주었다. 역시 옷장에서 꺼낸 곱디고운 손수건에 뉴올리언스에서 산 향수를 뿌려 이모에게 건넸다. 탁자 위의 꽃병은 싱싱한 꽃으로 새로 채우고, 책은 먼지를 털어 다시 정리해놓았다.

마담은 읽는 체하느라 소설책 속 북마크를 앞 페이지로 옮겨 끼워놓고 있었다.

한두 시간 뒤 이런 이례적인 준비를 한 까닭이 드러났다. 보세이는 솔리셍 부인을 이웃인 닥터 고드프리에게 소개했다. 그는 젊고 잘생긴 데다 우렁차고 쾌활한 목소리를 지닌 활력이 넘치는 사내였다. 그 건강한 기운을 몰고 다니며 보이지 않는 주변 공기 속에 퍼뜨리는 것 같았다.

"아시겠지요, 펠리시에 이모. 제가 어떤 생각을 하는지? 어제 밤에 잠자리로 옮길 때 고통스러워하는 이모를 보면서, 의사 선생님의 치료를 받게 해드려야겠다 마음먹었지요. 오늘 아침 제일 먼저 한 일이 닥터 고드프리를 모셔오라고 사람을 보낸 일이었지요. 그래서 여기 오셨고요!"

그가 테이블 맞은편 의자를 끌어당겨 앉으며 얼마 만에 뵙는지 모르겠다고 말을 꺼내자 마담이 그를 노려보았다. "의사는 필요 없어!" 마담은 두 사람을 번갈아 노려보며 분노에 차서 고함을 질렀다. "세상 어떤 의사도 날 도울 순 없어. 우리 엄마도 똑같았다고. 이 지역 의사란 의사는 모두 만나봤지. 온천에도 가보고 뉴올리언스까지 가봤지만 결국 이 의자에 앉은 채 세상을 떴지. 다 소용없어!"

"제가 드릴 말씀이 바로 그겁니다, 마담 솔리셍." 의사가 확신에

찬 어투로 쾌활하게 대답했다. "부인에게 의사 치료를 받도록 하겠다는 조카따님의 생각은 훌륭한 생각입니다. 제 치료를 말씀드리는 게 아닙니다. 아시겠지만, 이 교구에만도 훌륭한 의사들이 많이 계시답니다. 부인을 편안하게 해드릴 수 있는 유일한 방법이 그뿐이라면, 누군가는 부인을 돌봐드리는 게 마땅하지요."

마담은 눈썹을 내리깔고 그를 무시했다. 그녀는 이 의사가 청구할 왕진 비용을 생각하면서 두 번 다시 못 오게 하겠다고 마음먹었다. 파산이 불 보듯 뻔했다. 자신이 무절제한 낭비라는 격랑 속에서 파산을 향해 휩쓸려 가는 것 같았다.

보세이가 마담의 증상을 이미 설명했던 터라, 그는 나중에 자신이 판단하기에 변경하거나 그만두는 게 적당하다 생각될 때까지 마담이 아침저녁으로 복용해야만 하는 조제약을 보내거나 아니면 직접 가져오겠다고 했다. 그런 다음 그는 마담이 앉은 의자를 사이에 두고 보세이와 활기찬 대화를 나누면서 잡지들을 힐끗거렸다. 보세이를 바라보는 그의 눈동자는 생기가 넘쳐 반짝거렸고, 그녀가 입고 있는 핑크빛 무명 가운을 바라볼 때는 테이블에 놓인 꽃송이만큼이나 신선하고 감미로운 빛을 띠었다.

그는 하루가 멀다 하고 찾아왔다. 마담은 그가 직업적인 목적으로 오는 건지 사적인 이유로 오는 건지 도대체가 분간이 되지 않아 걱정과 불안으로 속이 끓었다. 처음에는 그가 처방한 약을 먹는 것을 거부했지만 어느 날 저녁 보세이가 한 스푼 가득 약을 담아온 뒤 상냥하지만 결연한 태도로 필요하다면 아침까지라도 버티고 서 있겠다는 기세를 보이자 마담은 그 약을 삼키는 데 동의했다. 의사는 빠른 말 두 마리가 끄는 새 마차에 보세이를 태우고 나갔다. 처음 두 사람이 드라이브를 나갔을 때 마담 펠리시에는 딤플더러 보세이의 방에 가서 샅샅이 뒤져 열쇠가 든 가방을 찾아오라고 시켰다. 하지만 어디서도 찾을 수가 없었다.

"그 여자가 열쇠를 갖꼬 다니는 게 틀림업써요. 잘 때도 팔에 끼고 잘껄요." 딤플이 변명을 댔다.

열쇠를 찾지 못한 딤플은 그 젊은 아가씨의 우아한 소지품들 가운데 잠겨 있지 않은 물건들을 뒤져보기로 했다. 그녀는 레이스 달린 양산을 들고 마담 펠리시에 방으로 슬그머니 다시 돌아와 마담에게 살펴보라고 건넸다. 레이스는 소박하고 저렴했지만, 노부인은 양산을 보자 알랑송의 진품이라도 되는 양 몸서리를 쳤다.

화사한 양산이 불러온 분위기를 감지한 딤플은 끝부분에 반짝이 장식이 된 슬리퍼 한 켤레와 의자 뒤에 걸려 있던 감촉 좋은 스타킹 한 켤레, 수놓인 페티코트 하나, 마지막으로 블라우스까지 차례차례 가져왔다. 그러는 내내 평소와 달리 말 한마디 없어서 두 배나 더 엄숙한 모습이었다.

딤플은 자기 옷 중에 제일 좋은 옷을 입고 있었다. 소매가 부풀고 주름 장식이 달린 붉은 캘리코천 드레스였다. 보세이 양이 다른 옷들은 모두 버리라고 했기 때문이었다. 이 같은 나들이 옷차림 탓에 기분 또한 한껏 부풀어 오른 딤플은 회랑의 기둥에 들러붙거나 난간 위로 몸을 기댄 채 빈둥거렸다.

보세이는 펠리시에 이모를 편안하고 즐겁게 할 궁리를 점점 더 많이 했다. 노부인의 옛 친구들을 따로따로 혹은 여럿 함께 초대해서 하루를 보내게도 하고, 때로는 며칠씩 묵고 가게도 했다.

보세이 자신의 친구들도 방문하기 시작했다. 그 지역의 젊은 신사 숙녀들이 몇 마일이나 되는 거리를 인사차 들렀다. 붙임성 있는 성격인 그녀는 그 경우 아이스 레모네이드와 생거리*를 대접했다. 라블라테는 도시에 적포도주 한 상자를 주문해두었다. 부엌에서는 케이크가 끝없이 구워졌다. 그런 방면에서 다니엘의 부인은 그 어느 때보다 뛰어난 수완을 보였다.

보세이는 야외 파티를 열고, 떡갈나무 사이사이 꽃장식된 종이 초롱을 매달고 흑인 거주지에서 바이올린과 기타, 아코디언 연주자를 셋이나 데려와서 마담 솔리셍의 코앞에서 연주를 하게 했다. 무도회도 열고, 펠리시에 이모를 무도회에 어울리는 비단옷으로 차려입혔다. 이모에게 깜짝 선물로 주려고 도시에서 만들어 온 것이었다.

그 의사는 하루가 멀다 하고 보세이를 마차에 태우거나 말에 태우고 나갔다. 그가 마담 솔리셍의 집에서 거의 살다시피 하는 바람에 의사라는 직업마저 잃은 위기에 처하자 가엾게 여긴 보세이가 그와 결혼을 약속했다.

그녀는 펠리시에 이모에게는 약혼을 비밀로 감춘 채 다가오는 결혼식 준비를 위해 도시로 떠나던 날까지 천사 같은 역할을 수행했다.

보세이가 의사와 약혼을 발표하고 그날 오후에 농장을 떠나겠다

* 포도주에 물을 타고 설탕·향료로 가미한 음료. —옮긴이

는 발표를 하자 마담에게는 더할 나위 없는 행복과 너그러운 기쁨이 가득했다.

"오! 펠리시에 이모, 제가 이모님을 떠나게 되어 얼마나 유감스러운지 몰라요. 이제 겨우 이모님을 제대로 편안하고 즐겁게 봐드리는 참인데 말이에요. 원하신다면, 피핀이나 아델라 언니더러 오라 할게요."

"아니다! 아니야!" 부인이 날선 목소리로 반대했다. "친척이라면 아주 넌더리가 난다! 그냥 다들 자기 자리에 있는 게 좋겠다. 나도 늙었고, 이젠 내 방식이 좋다. 혼자 있는 게 두렵지도 않다. 그런 말은 안 들을 게다!"

아침 내내 조카딸이 짐 꾸리느라 부산스럽게 구는 소리를 들으며 마담은 기쁨에 겨워 노래라도 부르고 싶을 지경이었다. 그녀는 마음까지 너그러워져서 강아지를 쓰다듬어주었다. 그 강아지가 자신을 신뢰하면서 겁 없이 몸을 맡겨왔을 때도 지팡이로 때려 쫓으려 했던 것이 한두 번이 아니었는데 말이다. 트렁크들과 목욕통은 정오에 꾸려 보내졌다. 짐을 떠나 보낼 때 들린 소란스러운 소리가 마담 솔리셍의 귀에는 달콤한 음악 같았다. 조카딸이 다가와 작별의 인사를 할 때는 얼마나 고마운지 그녀를 끌어안아주기까지 했다. 의사는 자신의 약혼녀를 자기 마차에 태워 역까지 바래다줄 작정이었다.

그는 마담 펠리시에에게 자기가 마치 대천사가 된 것 같다고 말했다. 실제로 그는 행복에 겨워 어쩔 줄 몰라 할 만큼 흥분해 있었다. 마담은 그에게는 한없이 살갑게 굴었다. 조카사위가 될 터인데 치료비 청구서를 들이밀 만큼 경우 없는 인물은 아닐 것이라 짐작하고 있었다.

의사는 말들을 데려오고 신처럼 받드는 약혼녀의 무릎을 덮어줄 담요를 준비하느라 서둘러 나갔다. 처음 모습을 나타냈던 그날 입었던 갈색의 리넨 드레스와 멋진 여행용 모자를 쓴 보세이는 여전히 그날처럼 우아해 보였다. 푸른 눈동자에는 헤아릴 수 없는 표정이 담겨 있었다. 이윽고 그녀가 말문을 열었다.

"자, 펠리시에 이모, 열쇠 가방 돌려드려요. 모든 게 다 완벽할 거예요. 이모가 만족하시길 바랍니다. 구입한 물건들은 모두 장부에 있어요. 라블라테 가게의 영수증까지 모든 게 정확할 거예요. 아, 그런데 이모, 이 말씀은 드려야겠어요. 금고에서 찾은 할머니의 은과 테이블보, 그리고 보석들은 모두 똑같이 나눠 엄마한테 보냈어요. 그게 공평하다는 건 이모도 아실 거예요. 그 물건들에 대해서는 엄마도 이모와 똑같은 권리가 있잖아요. 자, 이제 안녕히 계세요, 펠리시에 이모. 아델라 언니가 오는 건 분명 원치 않으시겠지요?"

"이런 도둑년! 도둑년! 도둑년 같으니!" 등 뒤에 메아리치는 이모의 날카로운 비명 소리가 들렸다. 그 소리는 떡갈나무를 지나 나뭇잎 우거진 길에 들어설 때까지 내내 들려왔다.

마담 솔리셍은 참을 수 없이 격분하며 몸을 떨었다. 열쇠 가방을 들여다보며 열쇠를 세어보았다. 열쇠는 모두 그대로였다.

"도둑년!" 그녀는 그 말을 계속 내뱉고 있었다. 보세이가 자신의 모든 걸 다 훔쳐갔다는 확신이 들었다. 보석이란 보석도 틀림없이 죄다 없어졌을 것이다. 엄마의 시계며 목걸이, 반지, 귀걸이까지 몽땅 다 가져갔을 것이다. 은이며, 테이블보, 침대보, 심지어 엄마의 옷가지들까지 전부! 아, 트렁크를 세 개나 가져오더니 그런 꿍꿍이였구나!

사태를 짐작한 마담 솔리셍은 노발대발한 표정으로 손에 꼭 쥔 황동 열쇠들을 노려보았다. 그녀는 서까래가 울리도록 지팡이로 바닥을 두드려댔다. 하지만 점심과 저녁 사이의 오후 그때쯤, 뜰에 사람이라고는 코빼기도 보이지 않았다. 게다가 빨강 주름장식과 부푼 소매장식이 주는 환상에 여전히 폭 빠져 있던 딤플은 보세이 양을 배웅하러 역을 향해 한가로이 걸어가고 있었다.

마담은 바닥을 내리치면서 사람들을 불러댔다. 격노한 그녀는 테이블을 뒤집어엎고 책이며 잡지들을 온 사방으로 던져댔다. 격렬한 분노와 휘몰아치는 불안에 사로잡힌 채 잠시 가만히 앉아 있었지만 머리가 깨질 것처럼 맥박이 뛰고 온몸의 피는 거꾸로 솟았다. 흡사 악마가 심장을 쥐어 잡고 짜대는 것 같았다.

"강도야! 강도! 강도라고!" 그녀는 거듭거듭 내뱉었다. "내 금, 내 귀걸이, 내 목걸이! 아, 그걸 몰랐다니! 아, 바보 멍청이 같으니! 아, 이런 세상에, 이럴 수가!"

거대한 몸에 엄습해온 마비로 인해 그녀의 머리가 덜덜 떨렸다. 그녀는 팔걸이를 움켜쥐며 일어나려고 해보았지만 소용이 없었다. 다시 한번 몸을 일으켰지만 의자에서 불과 몇 인치 움직이는가 싶더니 도로 주저앉고 말았다. 세 번째 시도 끝에 그녀는 물 새는 배처럼 비틀거리며 출렁거리는 육중한 몸을 일으켜 세웠다.

옆에 있던 지팡이를 움켜쥔 채 이러지도 저러지도 못하고 어정쩡하게 서 있던 그녀가 딤플을 불렀다. 그러더니 걷기 시작했다. 아니

걷는다기보다는 지팡이에 가까스로 기댄 몸을 뒤뚱거리며 발은 바닥에 질질 끌면서 죽을힘을 다해 천천히 나아갔다.

마담은 2년 동안이나 꼼짝도 않던 두 다리에 간신히 의지해 비트적거리면서까지 그렇게 몸을 움직일 수 있는 것이 이상하거나 기적 같은 일이라 생각하지 않았다. 그녀의 관심은 온통 복도 맞은편 침실에 있는 벽장에 도달하는 데 쏠려 있었다. 다른 열쇠들은 다 치우고 황동 열쇠만 꼭 움켜쥔 그녀는 같은 말만 계속 쏟아냈다. "도둑이야! 도둑! 도둑!"

마담 솔리셍은 앞에 있는 의자들만 겨우겨우 짚으며 벽에 몸을 기댄 채 가까스로 그 방까지 갔다. 벽장을 열면서 맨 먼저 생각한 것은 자신의 금이었다. 아, 금은 전부 거기 그대로, 자기가 쌓아놓은 작은 무더기 그대로 있었다. 하지만 은은 반이나 사라졌다. 보석과 식탁용 리넨도 반은 없어졌다.

마당에 하나둘 모여들기 시작한 하인들은 베란다에서 자신들을 기다리고 있는 마담 펠리시에를 발견했다. 말문이 막힐 정도로 당황하고 놀란 그들은 비명을 터뜨렸다. 딤플은 혼비백산 어쩔 줄 몰라하며 울고불고 소리를 질러댔다.

"가서 리치먼드 찾아와." 마담이 다니엘에게 일렀다. 다니엘은 일언반구 대꾸도 못 하고 감독관을 찾아 서둘러 자리를 떴다.

"변호사를 사야겠어! 이런! 말도 안 돼! 이렇게 도둑질 당하다니 당치도 않아! 법대로 할 거다! 라블라테에게 한 푼도 지불하지 않겠다고 전해라. 맨디, 넌 있던 데로 돌아가고 수잔을 보내. 딤플! 가서 그 망할 놈의 책하고 잡지들 몽땅 다락방에 처넣고, 옷도 갈아입어.

내 눈앞에 그 치렁치렁한 옷 입은 꼴 다시는 보이지 말고! 말도 안 돼! 이렇게 당할 순 없지! 어디 법대로 해보자!"

칠면조 수색

안주인의 칠면조 중 가장 크고 멋진 청동색 칠면조 세 마리가 사라졌다. 마침 크리스마스가 다가오던 터라 칠면조가 없어진 일이 밝혀졌을 때 바깥주인마저 심기가 불편해졌다. 이 소식을 농장에 알려 온 건 세브린네 사내아이였다. 아이는 정오쯤 늪지대 반마일 위에서 세 마리가 부족한 칠면조 무리를 발견했다. 그보다 훨씬 많이 없어졌다고 말하는 사람들도 있었다. 사태가 심각하다고 생각한 농장 일꾼들 모두 오후 두 시쯤 차가운 가랑비가 내리기 시작하는 가운데 사라진 칠면조를 찾아 나섰다.

가정부 앨리스는 강 쪽으로 내려갔고, 정원 일을 하는 사내아이 폴리송은 늪지대 쪽으로 올라갔다. 다른 사람들은 들판을 오르내리며 찾아다녔다. 하지만 아르테미스는 "너도 가서 찾아."라는 다소 애매한 지시만 받았다.

아르테미스는 몇 가지 점에서 아주 특이한 아이다. 나이는 대략

열에서 열다섯 사이로 보이고, 두상은 짙은 초콜릿 색깔의 부활절 달걀과 다를 바 없다. 거의 언제나 무뚝뚝한 말투에 동그랗고 커다란 무표정한 두 눈은 이집트 스핑크스처럼 차분하게 한 곳만 응시한다.

농장에 도착한 이튿날 아침, 나는 침대 옆에서 달그락거리는 컵 소리에 잠을 깼다. 모닝커피를 가지고 온 아르테미스였다.

"밖이 춥니?" 작은 잔에 담긴 진한 커피를 한 모금 마시면서 말이나 붙여볼 셈으로 아이에게 질문을 던졌다.

"넵."

"잠은 어디서 자니, 아르테미스?" 역시 같은 의도로 한 번 더 말을 걸었다.

"구멍(hole)에서." 그 아이는 아주 또렷하게 그렇게 말하면서 팔을 흔들었다. 어딘가 장소를 가리킬 때 습관적으로 하는 몸짓인 것 같았다. 그 말은 곧 숙소(hall)에서 잤다는 말이었다.

언젠가 한번은 그 아이가 장작을 한 아름 안고 와 난로 위에 내려놓고 돌아서서 손깍지를 낀 채 나를 뚫어져라 쳐다본 적이 있었다.

"주인마님이 여기에 불 피우라고 보내셨니, 아르테미스?" 빤히 쳐다보는 아이의 시선이 불편해 내가 서둘러 물었다.

"넵."

"그래 잘했구나. 그렇게 하렴."

"성냥!" 그때도 아이의 말은 그게 다였다.

마침 내 방에 성냥이 없었다. 그러자 그 아이는 더 이상 불을 피울 생각을 하지 않았다. 시작도 하기 전에 첫 번째로 맞닥뜨린 대단찮은 걸림돌을 탓하며 자신이 맡은 일을 하지 않아도 된다고 생각한 것이 분명해 보였다. 도통 알 수 없는 그 아이의 특이한 행동에 대해서라면 몇 장이라도 쓸 수 있지만, 지금은 칠면조 수색 이야기하는 중이니 다른 이야기는 다음 기회에.

오후 내내, 칠면조를 찾으러 나갔던 사람들이 비에 흠뻑 젖고 흙투성이가 되어 하나둘씩 속속 돌아왔다. 수색 결과는 모두 신통치 않았다. 사라진 칠면조에 대해 찾아낸 것은 아무것도 없었다. 아르테미스는 거의 한 시간 정도 보이지 않다가 가족들이 모인 홀로 슬그머니 들어와 팔짱을 낀 채 생각에 잠긴 표정으로 불가에 섰다. 그녀의 평온한 표정을 보니 슬쩍 물어보기만 해도 무언가 알려줄 정보가 있을 것 같았다.

"칠면조를 찾았니, 아르테미스?" 안주인이 얼른 물어봤다.

"넵."

"아르테미스 네가?" 막 구워낸 식빵 몇 덩어리를 들고 홀을 지나가던 요리 담당 플로린디가 소리쳤다. "마님, 설사 그렇다 해도, 저 애 거짓말하는 거예요. 네가 칠면조들을 찾았다고? 그 귀한 시간 내내 너 어디에 있었지? 너 또 널빤지를 대어놓은 닭장 뒤에 서 있었던 거지? 꼼짝도 않고 말이야. 나한테 둘러댈 생각 하지 마, 얘야. 날 속일 생각이라면 꿈도 꾸지 마!" 아르테미스는 아무런 동요 없이 차분하게 플로린디를 바라보고만 있었다. "저 아이를 고자질하고 싶지는 않지만, 사실이 아닌 건 알려드려야 해서요."

"그냥 두게, 플로린디." 안주인이 플로린디를 제지하며 끼어들었다. "아르테미스, 칠면조는 어디에 있지?"

"저기." 아이는 간결하고 명확하게 대답했다, 예의 그 펌프질하는 모양으로 팔을 흔들면서.

"저기 어디 말이니?" 조바심이 난 안주인이 캐물었다.

"닭장 안에!"

더 묻고 말고 할 것도 없었다. 사라진 칠면조 세 마리는 그날 아침 누군가 닭 모이를 줄 때 어쩌다가 닭장에 갇혀버렸다.

아르테미스는 칠면조 수색이 한창이던 때에, 어찌 된 까닭인지, 닭장 뒤에 몸을 숨기게 되었고, 거기서 소리 죽여 꼬르륵대는 칠면조 울음소리를 들었던 것이다.

불로와 불롯

작은 쌍둥이 소나무 같은 불로와 불롯이 당당히 열두 살이 되었을 때, 가족들은 맨발로 다니던 그들이 신발을 신을 때가 되었다고 결정했다. 프랑스 정착민인 아카디안의 후손으로 갈색 피부에 검은 눈동자를 한 땅딸막한 두 아이는 언덕 중턱에 자리 잡은 튼튼한 진흙 굴뚝이 한쪽 끝에 붙어 있는 깔끔한 오두막집에서 아빠와 엄마, 그리고 바글바글한 형제자매들과 살았다. 이제 그들은 신발쯤은 살 형편이 되었다. 포도나 블랙베리, 소코 열매 같은 것을 따다가 마을 여자들에게 팔아서 꽤 많은 돈을 모아두었기 때문이었다.

불로와 불롯은 직접 신발을 사기로 했고, 그 중요한 거래일로 토요일 오후를 선택했다. 내커터시 교구에서는 그때가 거래가 가장 활발한 때였다. 화창한 토요일 오후가 되자, 불로와 불롯은 나들이용 손수건에 그동안 모았던 25센트, 10센트, 5센트 동전들을 조심스럽게 묶은 다음, 손을 잡고 언덕을 내려갔다. 열정적인 가족들이 그들이 가는 모습을 지켜보고 있었다.

두 아이가 돌아오기 한참 전부터 그들을 배웅하던 가족들이 열 살 짜리 세라핀을 앞세우고 어린 세라팽은 팔에 안고, 오두막 앞에 일 렬로 늘어서 있었다. 그들이 오는 것을 아주 빨리 그리고 훤히 볼 수 있는 좋은 자리였다.

불로와 불롯의 모습은 아직 보이지 않았지만 저 아래 우물가에서 그들의 재잘거리는 목소리가 들려왔다. 물을 마시려고 거기 멈춘 것 이 분명했다. 목소리가 점점 더 또렷하게 들려왔다. 드디어 작은 소 나무 가지 사이로 불롯의 파란 끈이 달린 보닛이, 뒤이어 불로의 밀 짚모자가 보이는가 싶더니 서로 손을 꼭 잡은 쌍둥이가 탁 트인 공 간에 완전히 모습을 드러냈다.

일행은 경악했다.

"이런 이 정신 나간 얼간이들 같으니. 불로, 불롯." 세라핀이 고함 을 쳤다. "신발 사러 가놓고선, 갈 때처럼 맨발로 오냐!"

불로의 얼굴이 새빨개졌다. 말없이 고개를 떨구고 부끄러운 듯 자 신의 맨발을 내려다보더니, 손에 들고 있던 멋지고 튼튼한 단화를 바라보았다. 신고 올 생각을 미처 못 했던 것이다.

불롯도 마찬가지였다. 높은 굽에 광채가 나고 고리까지 반짝이는 새 신발을 들고 있었다. 하지만 불롯은 소심한 아이가 아니었다. 불 롯은 전혀 당황하지 않았다.

"불로와 내가 돈을 낭비할 거라고 '기대한' 거야? 우리가?" 상대 방을 기죽게 할 정도로 생색을 내듯 소녀가 응수했다. "그래 고작이 흙바닥에서 엉망을 만들려고 우리가 신발을 사러 간 줄 알아? 어디 말 좀 해보시지!"

모두가 멋쩍어하며 풀이 죽은 채 집 안으로 들어갔다. 불롯과 세라팽만이 그 자리에 남아 있었다. 불롯은 이 상황의 지배자였고, 세라팽은 이러나저러나 신경 쓰지 않았다.

조랑말 티 데몬

어느 여름날 아침 허미니아는 맥없이 풀죽은 것 같은 밤색 조랑말을 타고 소나무 언덕의 완만한 비탈길 오르고 있었다. 그녀는 '바이우 더반'이라는 오래된 정착촌에 사는 아카디아 소녀였다. 그 조랑말은 인디언 말, 무스탕, 텍사스 말 등 여러 이름으로 아무렇게나 불렸다. 젊은 시절의 팔팔했던 성깔은 온데간데없었다. 털은 여기저기 벗겨져 속살이 보일 정도였다. 군데군데 긴 털이 뭉텅이로 자란 곳도 있었다. 안장머리에는 목화씨를 채워 달걀을 담은 인디언 바구니가 묶여 있었고, 허미니아는 시장에 팔 야채를 담은 거친 부대를 안고 있었다.

집을 나설 때부터 허미니아는 티 데몬의 왼쪽 앞발에 작은 혹이 불거져 있다는 것을 알고 있었다. 그러나 그 부분에 괜히 특별히 신경을 쓰면 티 데몬에게 그녀가 못마땅하게 여기는 행동을 하도록 부추기는 거나 다름없었다. "서둘러! 티 데몬! 왜 꾸물대?" 그녀는 이따금씩 큰 소리로 재촉했다. 그들은 벌써 한참 전에 바이우 길을 벗어나 소나무 숲 깊숙이 들어섰다. 오르막이 때때로 가파르게 이어지는 통에 조랑말의 발이 솔잎 위로 미끄러졌다.

"일부러 그러는 거 다 알아!" 그녀가 짜증스럽게 다그쳤다. "제정신이었다면 애초에 널 집에 두고 나 혼자 걸어오는 건데." 티 데몬이 다리를 심하게 접질려 땅바닥에 발을 잘 딛지 못하는 것 같았다. 허미니아가 안장에서 뛰어내려 조랑말 앞으로 가 발을 들어 살펴보았다.

털이 덥수룩한 다리는 부어오른 것도 같았지만 정확히 알 수가 없었다. 하지만 못이나 돌 같은 이물질이 박힌 흔적은 없었다.

"어서 가자, 티 데몬. 힘 좀 내!" 그녀는 고삐를 잡고 앞장서 녀석을 끌고 가려 애를 썼다. 그러나 녀석은 꿈쩍도 할 수 없었다.

소녀도 가만히 서서 어떻게 해야 할까 망설였다. 말은 더 이상 갈 수 없었다. 분명한 사실이었다. 그녀의 두 다리야 강철처럼 튼튼해서 몇 마일이라도 더 걸을 수 있었다. 그러나 당장 집으로 되돌아가야 할지 아니면 무슈 라바티에 농장으로 가던 길을 계속 가야 할지 결정해야 했다. 그 농장주는 언덕에 여름 별장을 가지고 있었는데, 파리나 모기, 열병, 벼룩은 물론 여름이면 종종 바이우의 주민들을 괴롭히곤 하는 골칫거리들이 하나도 없었다.

농장주의 별장으로 가는 길이 더 가깝고 3마일도 채 안 되는 거리였다. 게다가 허미니아는 그곳 사람들이 자신을 따뜻하게 맞아줄 거라는 확신이 들었다. 라바티에 부인은 달걀과 야채 값을 후하게 쳐줄 것이다. 그들은 그녀를 식사에 초대하고 와인도 한 모금 마시게 해줄 것이다. 언덕에서 한 달간 머물고 있는 농장주의 젊은 두 조카딸의 옷차림새와 매너를 볼 기회도 얻게 될 것이다. 하지만 그 무엇보다도 그곳엔 미스터 프로스페레 라바티에라는 젊은이가 있을 테고 그는 아마도 이렇게 말할 것이다:

"아, 허미니아, 정말 안됐군요! 집으로 돌아갈 때 제 말을 빌려드리죠." 혹은 "제 마차로 당신을 집으로 모셔다드려도 될까요?" 이러한 생각이 들자 허미니아는 더 이상 망설일 필요가 없었다.

그녀는 이럴 경우를 대비해 가지고 다니던 밧줄로 모랫길 근처 소나무 그늘이 진 쾌적한 곳에 티 데몬을 묶었다.

"자, 내가 돌아올 때까지 거기 있어. 배가 고프다면 그건 네 책임이야. 널 등에 업고 갈 순 없어, 덩치 큰 녀석아!" 그녀는 다정하게 조랑말을 쓰다듬어주고 돌아서서 가벼운 걸음으로 언덕을 오르기 시작했다. 그녀는 선명한 붉은색 옥양목 드레스를 입고 하얀 햇빛가리개 모자를 쓰고 있었다. 모자챙 아래로 까만 두 눈이 다람쥐 눈처럼 생기있게 반짝였다.

티 데몬은 멍한 눈으로 멀어져가는 그녀를 지켜보며 마치 진정한 순교자나 되는 양 내내 한쪽 다리를 들고 서 있었다. 숲속은 한적하고 평화로워서 극심한 고통만 없었다면 티 데몬은 그 평화로운 순간을 만끽했을 것이다. 솔잎 사이로 비치는 햇살이 그의 등 위로 쏟아졌고, 붉은 개미 두서너 마리가 뒷다리를 타고 올라갔다. 그는 길고 빈약한 꼬리를 천천히 휘둘렀다. 흉내지빠귀들이 소나무 꼭대기에서 짝을 지어 지저귀기 시작했다. 새들은 젊기에 노래할 수도, 즐길수도 있었다. 그들이 노년에 닥쳐오는 시련에 대해 알 리가 만무했다. 티 데몬은 속으로 이렇게 생각했다.

'이 상태가 계속된다면 내가 어떻게 될지 모르겠어.'

티 데몬은 허미니아의 엉터리 영어와 그녀 엄마가 사용하는 아카디언 프랑스어를 알아듣긴 했지만 항상 젊은 시절에 인디언 지역에서 처음 익혔던 언어로 생각을 했다.

그는 몇 시간 동안 숲에서 나는 나른한 소리를 들으며 꼼짝 않고 서 있었다. 그러다 보니 고통스러운 앞발에도 은총이 내린 듯 좀 편안해졌다. 통증이 눈에 띄게 사라지자 그는 어려움 없이 네 다리를 곧게 폈다. 티 데몬은 안도의 한숨을 길게 내쉬었다. 하지만 되돌아갈 생각을 하니 그가 처한 불편한 상황이 마음에 걸렸다. 소나무 숲 한가운데 있는 나무에 묶여 있는 것보다 더 재미없는 일은 없을 거라는 생각도 들었다. 나중에 시장기가 몰려올 거라고 상상만 해도 벌써 배가 고파지기 시작했다. 허미니아가 과연 언제 돌아와 그 고약한 상상을 깨뜨려줄지 그로선 알 도리가 없었다. 바로 그때 그는 제일 잘하는 재주 중 하나를 발휘하기 시작했다. 그는 누렇게 닳은 이로 조심스럽게 밧줄을 풀기 시작했다. 그는 허미니아가 밧줄을 한 번 더 묶고 나서 하던 말까지 기억했다.

"자! 네가 만약 이걸 푼다면, 티 데몬, 네가 레이몬드네 노새보다 똑똑하다는 걸 사람들도 인정할 수밖에 없을 거야." 그 말을 떠올리자 그는 불쾌해졌다. 끊임없이 레이몬드네 노새와 비교당하는 것에 진저리가 났다.

끈질긴 노력 끝에 가까스로 매듭이 풀리자, 티 데몬은 원하는 곳이면 어디든 마음대로 돌아다닐 수 있다는 것을 이내 깨달았다. 만약 그가 개였더라면 언덕 위로 방향을 틀어 주인 아가씨의 발자국을 따라갔을 것이다. 그러나 그는 배워먹지도 못하고 생각이란 게 별로 없는 한낱 조랑말에 불과했다.

티 데몬은 그가 왔던 길을 따라 산비탈을 느긋하게 걸어 내려갔다. 그렇게 제멋대로 돌아다닐 수 있는 일탈은 행복한 일이었다. 하지만 그는 길 잃은 말들이 하는 식대로 여기서 조금 저기서 조금 풀을 뜯어 먹으며 돌아다니지는 않았다. 소나무 숲엔 사람이든 짐승이든 먹을 게 거의 없다는 것을 잘 알고 있기 때문이었다. 게다가 그는 바이우 따라 그 아래쪽에 자라는 감미로운 풀들로 입맛 다실 일을 남겨두는 것이 더 좋았다. 그는 생각에 잠긴 늙고 현명한 철학자 같았다.

목에 매달린 밧줄을 자꾸 밟았더니 만족스럽게도 마침내 줄이 풀어졌다.

'자! 이 안장만 좀 쉽게 없애버릴 수만 있다면!' 하고 티 데몬은 생각했다.

아무리 해봐도 이로 안장 묶는 띠를 물어 끊는 것은 불가능했다. 그래서 그는 털이 곤두설 때까지 몸을 흔들어보고, 나무에 비벼도 보고, 누워서 옆으로 뒹굴어도 보고, 앞뒤로 굴러보기도 했다. 하지만 고작 안장의 위치만 바뀔 뿐이어서 결국 걸을 때마다 안장이 그의 몸통 아래서 덜렁거리게 되었다. 그는 아주 오래전 인디언 마을에서 그의 주인이었던 블랑코 빌이 그랬던 것처럼 안장에다 대고 걸진 욕을 내뱉었다. 이제 그는 풀을 뜯고 싶은 생각도 없어지고 뭘 해도 즐거울 것 같지 않았다. 그는 오로지 어서 집에 가서 부드러운 식사를 하고 그의 다리를 때려대는 이 끔찍하고 거추장스러운 것을 없애버려야겠다는 생각뿐이었다.

티 데몬이 집 앞에 도착했을 때 그의 눈앞에는 언짢고 못마땅한 상황이 펼쳐져 있었다. 그 작은 집은 문이 닫힌 채 고요했다. 살아 있는 것이라곤 회랑 그늘에서 잠자고 있는 고양이뿐이었다. 울타리 널빤지를 따라 한 줄로 늘어선 누런 호박들은 햇살을 받아 환하게 빛나고 있었다. 허미니아 엄마가 담배밭을 가꾸느라 쓰다 두고 간 자루 긴 괭이가 울타리에 걸쳐 세워져 있었다.

'역시 내가 예상했던 대로구만⋯⋯.' 티 데몬은 투덜거렸다.

'틀림없이 그럴 줄 알았지. 허미니아가 등 돌리고 돌아서 가자마자 그 여자는 괭이는 팽개쳐놓고 곧장 다시 강 쪽으로 가서 사내들과 여기저기 신나게 쏘다니고 있겠지. 성가신 꼬마 녀석들, 그놈들은 학교가 끝나서 집으로 돌아올 시간인데 십중팔구 어디로 내뺐을 거야. 이런 좋은 기회도 처음이니 단단히 혼쭐을 내서 버릇을 고치지 못한다면 스핏파이어가 아니지.' '스핏파이어'라는 이름은 그가 태어났을 때 블랑코 빌이 붙여준 유일한 이름이었다. 그 자신도 공식적으로 인정하는 것이다.

'최신식 통자물쇠로 새로 바꿔 달아 문을 열 수도 없고, 걸쇠를 들어 올릴 수도 없고 아무런 방도를 찾을 수도 없네. 문을 열고 들어갈 수만 있다면, 맛있는 양배추나 콩, 도토리나 밤 같은 것을 실컷 먹을 수 있을 텐데. 가만 보자, 솔리스탄이 집에 있나 가봐야겠다.' 티 데몬은 다시 길로 나와 안장이 부딪혀 덜그럭거리도록 큰 걸음으로 바이우 위쪽에 있는 이웃 농가를 향해 걷기 시작했다.

담장 너머로 살피는 티 데몬의 모습을 보고도 솔리스탄은 전혀 놀라지 않았다. 그저 허미니아가 소나무 숲에서 돌아왔는데 말의 목줄이 풀어졌나 보다 짐작하고 그 말을 몰아 목장으로 갔다가 여유가 생기면 나중에 집으로 데려다줘야겠다 생각했다.

하지만 말의 발굽 상태를 보고 난 그는 화들짝 놀랐다. 발굽이 온통 진흙투성이인 데다 나뭇가지며 껍질들이 엉켜 붙어 있었고, 허미니아가 앉아 있던 안장은 덮개는 어디로 가고 배 아래쪽에 대롱대롱 매달려 있었다. 그는 눈 깜짝할 사이에 조랑말을 마구간에 몰아넣고 여물통에 옥수수를 적당히 넣어주고는 자기 말에 안장을 얹은 뒤 미친 듯 달려나갔다.

'왜 저리 난리를 피우는지 원.' 티 데몬은 옥수수 속대에서 옥수수 알을 뜯어 먹으려고 우물거리며 생각했다. '도대체 이런 쓰레기 같은 먹이를 주다니, 전혀 신경도 안 쓰고 고른 거야. 이 옥수수는 틀림없이 백 년은 되었을 거야. 그게 아니라면 내 이가 예전만 못한 거겠지.'

솔리스탄은 티 데몬의 상태를 워낙 잘 알고 있었기에 허미니아를 다치게 할 만큼 날뛰리라고는 믿지 않았다. 하지만 안장이 뒤집어져 있는 것으로 보아 그녀는 틀림없이 굴러떨어졌을 것이다. 티 데몬이 실수로 그녀를 내팽개쳤을 수도 있는 일이었다. 특히 그녀의 집에 가보고 회랑의 그늘진 구석에 잠들어 있는 고양이 말고는 아무도 없다는 것을 알게 된 후에는 수많은 불길한 생각들이 그를 엄습해 왔다.

솔리스탄은 푸른 체크무늬 셔츠와 들일을 하느라 진흙이 잔뜩 묻은 무거운 장화를 신은 채 서둘러 출발했다. 옷매무새를 가다듬느라 시간을 지체한다는 건 생각도 할 수 없는 일이었다.

살면서 그렇게 급박한 불안 속에 휩싸여 떨었던 때가 없었다. 그는 허미니아를 처음 만났던 순간부터 지금까지 알고 지냈고 그녀를 좋아했다. 언제나 가까이에 있어서 익숙하게 존재하는 자연스런 삶의 일부라고 여기며 지냈다. 한 치 앞도 알 수 없는 두렵고 무시무시한 운명의 위협이 그녀에게 닥친 것을 직감한 바로 그 순간, 그는 허미니아에 대한 자신의 애정의 깊이와 본질을 오롯이 이해했다.

솔리스탄이 깊은 숲속으로 말을 몰아 달려갈 때 그의 불안감은 매 순간 커져 갔고, 방향을 바꾸고 굽은 길을 돌 때마다 어떤 불운과 맞닥뜨릴 것만 같은 두려움으로 속이 메스꺼웠다. 그는 자신을 억제할 수가 없었다. 마침내 커다란 소나무 아래서 그 당당한 소나무와 이야기를 나누거나 심지어 논쟁을 하는 듯한 태도로 한 군데도 다치지 않고 말짱하게 꼼짝도 하지 않고 서 있는 허미니아를 보았을 때 그의 입에서는 저절로 기쁨의 탄성이 흘러나왔다.

모자를 팔에 걸친 그녀는 온통 깊은 실의에 빠진 모습이었다. 사실 허미니아는 난감한 표정으로 티 데몬을 대충 매어놓았던 주변을 샅샅이 훑어보고 있던 참이었다. 그곳에는 티 데몬의 몸에서 빠진 털과 꼬리털 뭉텅이들이 말이 있었던 흔적을 보여줄 뿐 티 데몬은 사라지고 없었다. 티 데몬이 그녀를 배신한 장소라는 생각이 들자 허미니아의 울분과 당황스러움이 최고조에 달해 그녀는 숨이 다 막힐 정도로 눈물을 쏟아냈다.

아! 농장주의 별장은 얼마나 훌륭했던가! 정말이지 너무나도 멋졌다. 이날 열린 엄청난 규모의 하우스 파티에는 수많은 사람들이 꽉 들어차서, 뒤쪽 회랑에 달걀과 야채를 들고 서 있는 허미니아의 자그마한 모습은 거의 눈에 띄지도 않았다.

그녀는 풍채 좋은 두 노인들 틈에 끼어 함께 식사를 하게 되었다. 하지만 그녀는 어쩐지 불청객이 된 기분을 떨칠 수가 없었고 심지어 하인들조차 그녀의 존재를 잊은 듯 거들떠보지도 않는 것 같았다. 젊은 아가씨들이 늘어놓는 세련된 말솜씨와 여유로운 태도에 주눅이 든 그녀는 자신이 한없이 작고 보잘것없는 존재로 느껴졌다. 아가씨들이 입고 있는 솜털처럼 가벼운 여름 드레스의 섬세하고 화려한 주름 장식은 허미니아의 옥양목 드레스로는 결코 흉내 낼 수 없을 것이라는 씁쓸한 생각만 들게 할 뿐이었다. 프로스페레 씨는 또 어땠던가. 회랑을 황급히 지나쳐 가며 채소와 달걀을 들고 앉아 있던 그녀에게 "안녕하세요! 허미니아!"라며 소리쳐 인사한 것이 전부였다.

그녀는 실망감에 굴욕감마저 들어 식사를 제대로 할 수 없었다. 그녀는 자신의 조랑말에게 일어난 사고에 대해서 말할 기회조차 갖지 못했다. 그래서 그곳을 나설 때 농장 주인이 집으로 어떻게 갈 것인지 걱정스럽게 물었을 때도 허미니아는 체면상 별장 아래 숲속에 자신의 말을 매어두었다고 대답할 수밖에 없었다.

조랑말을 매어두었던 나무는 그대로 있고, 허미니아도 여기 있는데, 조랑말은 어디 있는 거지? 허미니아가 큰 소나무에게 그렇게 묻고 있는 것 같았다. 그때, 솔리스탄이 마치 뒤쫓다가 포획한 사냥감을 낚아채기라도 하듯 쏜살같이 말을 달려 안장에서 뛰어내렸다.

"아! 솔리스탄! 오늘 아침 티 데몬을 여기 매놨어요. 녀석이 걷질 못했거든요. 그런데 온데 간데 없이 사라져버렸어요! 아! 솔리스탄! 누군가 녀석을 훔쳐갔나 봐요!"

"티 데몬은 우리 집 마당에서 옥수수를 먹고 있어. 안장이 그 녀석 몸통 아래로 돌아가 있더라고. 난 네가 다친 줄 알았어." 솔리스탄은 밝은 표정으로 땀에 젖은 얼굴을 손수건으로 닦아내며 말했다. 허미니아는 그런 그를 쳐다보며 지금껏 누군가를 바라보는 것이 그렇게 기쁘거나 감사한 적이 없다는 사실을 깨달았다. 그 순간 그녀는 달리 보고 싶은 사람이 아무도 떠오르지 않았다. 미스터 프로스페레 씨조차도. 설령 그가 불쑥 나타나 이렇게 말했다고 해도 마찬가지였다. "제 마차로 당신을 집으로 바래다주는 기쁨을 제게 허락해주세요, 허미니아!"

솔리스탄의 말은 크고 등이 넓어서 그의 뒤에 앉은 허미니아는 바이우로 돌아가는 동안 아주 편안했다. 때때로 말이 흔들릴 때는 그가 하라는 대로 그의 멜빵을 꼭 붙들었다.

솔리스탄의 집에 도착한 후 그는 티 데몬을 데리고 나와 안장을 다시 얹고 손질을 해주었다. 두 사람은 짧은 대화를 나누고, 허미니아가 말에 올라타 길을 나서려는데 솔리스탄이 조랑말의 굴레를 잡고 놓지 않았다.

"티 데몬은 이제 할 만큼 했어, 허미니아. 녀석은 이제 안전하지 않아. 머잖아 이 녀석이 너에게 못된 장난을 칠 거야. 지난봄에 내가 라울한테서 산 작은 암말을 네가 쓰는 게 좋겠어."

"오! 솔리스탄! 이 녀석 먹이는 옥수수만 해도 감당이 안 돼요. 레이몬드네 노새도 먹여야 하는데, 티 데몬은 그 녀석의 세 배나 먹어 치우는 걸요.”

“음! 티 데몬을 쏴버려. 녀석은 이제 끝났어.”

“티 데몬을 쏘라구요!” 화가 난 소녀는 얼굴을 붉히며 소리쳤다. “솔리스탄, 미쳤어요! 그러느니 차라리 길 가는 사람을 쏘겠어요.”

“그냥 그렇다는 거지.” 자신이 내뱉은 비정한 말 때문에 싸늘해진 분위기를 무마하려는 듯 솔리스탄이 웃으며 말했다. “티 데몬은 노련해서 아직은 한동안 괜찮을 거야. 물을 나르거나 아이들을 태우고 바이우 길을 오가기에 충분해. 하지만 다시는 이 녀석만 데리고 숲 속에 가지 마.”

“알겠어요, 솔리스탄. 걱정 말아요.”

“그리고 먹이 주는 일에 관해서 말인데.” 그는 부지런히 티 데몬의 굴레에 달린 버클을 채우며 말을 계속했다. “내가 계속해서 저 녀석을 먹여줄 수도 있어. 만약 그 계획이 맘에 들지 않는다면, 말과 함께 나를 데려가는 건 어때, 허미니아?

“당신을 데려가라니요, 솔리스탄!”

“왜 안 돼? 우리도 나이 먹을 만큼 먹었어. 넌 거의 열여덟이 되었고, 나는 곧 스물셋이야.”

“그만 가야겠어요, 그 얘긴 다음에 해요.”

“언제? 허미니아! 언제 얘기할까?” 솔리스탄이 조랑말의 굴레를 잡은 채 애원했다. “오늘 밤 너의 집 쪽으로 내려갈까? 대답해줘, 오늘 밤에, 응?”

“오, 솔리스탄, 날 좀 놔줘요!”

"그럼, 대답은 해줘야지, 허미니아."

"그건 두고 보자고요." 티 데몬이 뻣뻣한 발걸음으로 출발하자 그녀는 어깨 너머로 웃으며 받아넘겼다.

그러나 티 데몬의 마음에서는 삶의 모든 기쁨이 영영 사라져버렸다. 솔리스탄이 했던 불길한 말들이 떨쳐버릴 수 없을 만큼 깊고 고통스러운 인상으로 그의 마음속에 각인되었다.

그해 가을, 그 젊은 농부가 허미니아를 아내로 맞이하고, 티 데몬의 남은 여생동안 먹여주겠다는 선한 의도로 그를 거두었던 그때, 바로 그때부터 티 데몬은 앞으로 일어날지 모를 자신의 운명에 대한 생각에 골몰하며 시간을 보냈다.

어느 날 사람들의 주의가 소홀한 틈을 타 티 데몬은 집을 나왔다. 바이우 더반을 가로질러 사빈을 따라 그토록 오랫동안 그를 알고 있던 마을로부터 그는 점점 멀어져 갔다.

'만약 총을 쏠 거라면,' 다리를 절룩거리며 꼬리를 좌우로 팔랑거리며 티 데몬은 생각했다. '이제 내가 사라질 때가 된 거야.'

그해 겨울 어느 날 저녁, 불 앞에서 허리를 숙이고 저녁밥을 준비하는 아내에게 솔리스탄이 이런 이야기를 불쑥 꺼냈다. "어떻게 생각해, 허미니아? 라울이 지난달 텍사스로 소 떼를 몰고 갔을 때, 본햄 도로에서 죽은 티 데몬을 우연히 발견했다고 하더군. 그 작은 녀석이 인디언 마을로 가는 길이었던 게 틀림없어."

"아! 가엾은 티 데몬!" 허미니아가 쿠쉬-쿠쉬*를 휘젓던 커다란

---

* 옥수수죽. — 옮긴이

숟가락을 높이 들고 소리쳤다. "그 녀석은 정말 착하고 충실한 말이었어요! 정말요!"

"맞아, 허미니아." 솔리스탄은 달관한 사람처럼 체념 섞인 목소리로 대답했다. "하지만 누가 알겠어! 어쩌면 그게 모두에게 최선이었을지도!"

테시 바이우의 신사

할렛 농장에 머물고 있던 서블릿 씨가 에바리스트를 그리고 싶어한 것은 그리 놀라운 일이 아니었다. 그 아카디아인은 그에게도 매우 멋진 대상이었지만 테시 바이우를 따라 '향토색'의 흔적을 찾는 어떤 화가에게라도 구미가 당기는 매력적인 소재였다.

서블릿 씨는 바이우에서 막 나온 듯한 그 사내가 회랑 뒤쪽에서 가정부에게 야생 칠면조를 팔려고 흥정하는 모습을 보았다. 서블릿 씨는 지체없이 그에게 말을 걸어 다음 날 그 집에 다시 와서 자기 그림의 모델이 되는 조건으로 그를 고용했다. 그는 자신의 의도가 공정하다는 것을 보여주고 그 아카디아인이 약속을 지키기를 바라는 마음에서 에바리스트에게 은화 2달러를 건네주었다.

"그가 나를 그려서 좋은 '잡지'에 내고 싶다고 했단다." 그날 오후에 딸 마르티넷과 그 일에 대해 이야기하던 중 에바리스트가 말했다.

"그분이 왜 그 일을 하고 싶어 할까요?" 그들은 할렛 씨네 흑인들 숙소만큼도 쾌적하지 않은, 나지막하고 수수한 방 두 개짜리 오두막 안에 앉아 있었다.

마르티넷은 다소 예민해 보이는 붉은 입술을 이상하다는 듯 오므렸다. 까만 두 눈엔 뭔가 깊은 생각이 담겨 있었다.

"아마 지난겨울 캐런크로 호수에서 아빠가 잡았던 그 큰 물고기에 대해 들었을 거예요. 그 일이 전부 『슈가볼』에 실렸었잖아요." 아버지는 동의할 수 없다는 듯 손사래를 치며 딸의 말을 흘려 들었다.

"자, 아무튼 몸단장 좀 하셔야겠어요." 더 이상 추측은 단념하며 마르티넷이 말했다. "바지도 다른 걸 입고 코트도 좋은 것으로 갈아입으세요. 그리고 레옹스 씨한테 머리와 수염을 좀 다듬어달라고 부탁하는 게 좋겠어요."

"내 말이 그 말이다." 에바리스트가 맞장구를 쳤다. "보기 좋게 몸단장 좀 하겠다고 내가 그 신사에게 말했지. 그랬더니 달갑지 않은 것처럼 '아니, 아닙니다.' 그러는 거야. 그는 내가 바이우에서 막 나온 것처럼 보이길 원하더구나. 이왕이면 바지와 코트도 찢어지고 진흙이 묻어 있으면 더 좋을 거라면서 말이다." 부녀는 그 낯선 신사의 엉뚱한 생각을 이해할 수 없었고 이해하려고 애쓰지도 않았다.

한 시간 뒤, 아버지 일로 우쭐한 기분이 든 마르티넷은 그 소식을 알리기 위해 서둘러 다이스 아주머니의 오두막을 찾았다. 그 흑인 여인은 다림질 중이었다. 벽난로에서 활활 타는 통나무 불꽃 앞에 다리미들이 늘어서 있었다. 마르티넷은 벽난로 가에 앉아 불 쪽으로 발을 들어 올렸다. 밖은 습하고 약간 쌀쌀했다. 소녀의 신발은 심하게 낡은 데다 옷차림도 겨울에 입기엔 좀 얇고 그나마도 충분히 껴입지 않았다. 아버지가 화가에게서 받은 2달러를 줬던 터라, 상점에도 들러 최대한 신중하게 필요한 물건도 살 계획이었다.

"저기, 다이스 아줌마." 마르티넷이 은근히 만족스러운 표정으로 말을 시작했다. 다이스 아주머니가 할렛 씨의 식당에서 심부름 일을 하는 아들 윌킨스에 대해 내뱉는 지독한 욕설을 한동안 듣고 있던 중이었다. "할렛 씨 댁에 묵고 있는 그 외지에서 온 신사분 알아요? 그분이 아빠를 그려서 외지의 좋은 잡지에 싣고 싶다고 했대요." 다이스 아주머니는 다리미의 열을 확인해보려고 다리미에 침을 툭 뱉고는 킥킥대며 웃기 시작했다. 뚱뚱한 몸을 흔들며 나지막하게 계속 웃어대면서도 말은 한마디도 하지 않았다.

"뭐가 그렇게 우스워요, 다이스 아줌마?" 미심쩍어하며 마르티넷이 물었다.

"웃긴 누가 웃는다고 그래, 얘야!"

"웃고 있잖아요."

"아유, 나한테 신경 쓰지 마. 난 그저 너랑 네 아빠가 참 순진하기도 하다고 생각하는 중이었어. 둘 다 내가 지금껏 본 사람들 중 가장 순진하다니까."

"무슨 뜻인지 제대로 얘기해보세요, 다이스 아줌마." 소녀는 고집스럽게 물었다. 이제는 의심스럽기도 하고 뭔가 경계심이 느껴지기도 했다.

"음, 그러니까 네가 순진하다는 거야." 여인은 뒤집어놓은 낡은 파이 팬 위에 다리미를 내려놓으며 말했다. "네 말대로 그 사람들은 네 아빠 그림을 외지의 잡지에 내겠지. 그런데 그림 아래 뭐라 적을 지는 알고 있는 거야?" 마르티넷은 몹시 신경이 쓰였다. "그 그림 아래 이렇게 적을 게다. '테시 바이우의 비천한 케이준!'"

순간 온몸의 피가 빠져나간 것처럼 마르티넷의 얼굴이 새파랗게 질리는가 싶더니 이내 급물살처럼 다시 밀려와 두 눈이 고통으로 욱 신거렸다. 두 눈 가득 고인 눈물이 뜨거운 불덩이처럼 화끈거렸다.

"내가 그런 사람들을 알지." 다이스 아주머니는 멈췄던 다림질을 다시 시작하면서 말을 이었다. "그 외지에서 온 사람한테 아직 엉덩 이 좀 맞을 나이의 어린 사내아이가 있지. 어제 그 조그만 녀석이 팔 밑에 상자 같은 걸 들고 깡충거리며 뛰어오더니 그러더라고. '안녕 하세요, 부인. 죄송하지만 다림질하며 서 계신 모습을 좀 찍어도 될 까요?' 그래서 얼른 썩 꺼지지 않으면, 여기 이 다리미로 내쫓는 사 진을 찍게 해줄 거라고 했지. 그랬더니 방해해서 죄송하다고 하데. 늙은 검둥이 여자에게 그런 식으로 말하다니! 그 아이가 자기 신분 을 모르는 게 분명해."

"그 애가 뭐라고 말했으면 좋겠어요, 다이스 아줌마?" 마르티넷 이 초조한 마음을 애써 감추며 물었다.

"난 그 애가 이리 들어와서 이렇게 말했으면 하지. '안녕하세요, 다이스 아줌마! 가서 모임 갈 때 입는 새 캘리코 드레스와 모자로 갈 아입고 제가 사진을 찍을 동안 저 다리미판 옆에 서주시겠어요?' 이 런 게 잘 자란 사내 녀석이 말하는 방식이지."

마르티넷은 자리에서 일어나 천천히 아주머니 집을 나섰다. 오두 막 문가에서 머뭇거리며 고개를 돌리고 그녀가 말했다. "윌킨스가 아줌마한테 알려준 것 같군요. 할렛 씨네 농장 사람들이 어떻게 이야기하는지 말이에요."

마르티넷은 원래 가려고 했던 상점 대신 무거운 발걸음을 돌려 집으로 향했다. 걸을 때마다 주머니 속의 은화들이 짤랑거렸다. 소녀는 은화를 들판에 내팽개치고 싶었다. 왠지 그 돈이 수치의 대가처럼 느껴졌다.

해가 저물자 황혼이 은빛 광선처럼 바이우에 내려앉으며 회색빛 안개가 깔린 들판을 에워싸고 있었다. 호리호리한 체격에 추레한 행색의 에바리스트가 오두막 문간에서 딸을 기다리고 있었다. 나무토막과 가지에 불도 붙여놓고 물을 끓이기 위해 불 앞에 주전자도 올려놓았다. 집에 돌아온 마르티넷을 미심쩍은 표정으로 찬찬히 살피던 그가 딸의 빈손을 보고 깜짝 놀랐다.

"왜 아무것도 안 사 왔어, 마르티넷?"

소녀는 쑥 들어오더니 무명천으로 만든 햇빛가리개 모자를 의자에 내던졌다. "아니, 가게에 안 갔어요." 그리고는 돌연 짜증을 냈다. "아빠, 가서 돈을 돌려줘야 해요. 아빠를 그리게 하면 안 된다고요."

"하지만, 마르티넷," 아버지가 부드럽게 딸의 말을 가로막으며 타일렀다. "난 이미 그와 약속했고, 게다가 일이 끝나면 돈도 좀 더 받기로 했어."

"아무리 큰돈을 준다고 해도 아빠 그림을 허락해서는 안 돼요. 그 사진 아래 온 세상 사람들이 다 읽도록 뭐라고 써넣을지 알기나 하세요?" 소녀는 다이스 아주머니를 통해 와전된 그 모든 섬뜩한 진실을 아버지에게 그대로 다 말할 수는 없었다. 그렇게까지 상처를 안 겨주고 싶지는 않았다. "그 사람은 이렇게 쓸 거예요. '테시 바이우의 케이준.'" 에바리스트는 당혹감으로 움찔했다.

"어떻게 알았어?" 그가 물었다.

"그렇게 들었어요. 사실이라는 것도 알고요."

주전자의 물이 끓고 있었다. 에바리스트는 미리 준비해둔 커피에 조금씩 물을 부었다. "내일 아침 네가 가서 이 달러를 돌려주는 게 좋을 거 같구나. 난 저기 캐런크로 호수로 고기나 잡으러 가야겠다."

다음 날 아침 할렛 씨와 그의 친구인 사내들 몇 명이 느지감치 아침 식사를 하려고 모였다. 널찍하지만 휑뎅그렁한 식당이 넓은 굴뚝 안에 놓인 육중한 철재 장작받침대 위에서 타오르는 통나무의 세찬 불꽃으로 생기를 띠었다. 총과 낚시도구, 그 밖의 다른 운동기구들이 아무렇게나 놓여 있었다. 멋진 순종 개 한 쌍이 식사 시중을 들고 있던 흑인 소년 윌킨스 뒤에서 자유로이 들락거렸다. 서블릿 씨 옆에 놓인 의자는 대개 그의 어린 아들 차지였지만 지금은 아침 일찍 산책을 나간 아이가 아직 돌아오지 않아 비어 있었다.

아침 식사가 어느 정도 끝나갈 즈음, 할렛 씨가 마르티넷이 바깥 회랑에 서있는 것을 알아챘다. 식당 문은 거의 대부분 열려 있었다.

"저기 바깥에 있는 아이가 마르티넷 아니니, 윌킨스?" 아주 쾌활한 얼굴을 한 젊은 농장주가 물었다.

"맞습니다, 나리." 윌킨스가 대답했다. "거의 동틀 녘부터 내내 저러고 서 있네요. 베란다에 뿌리라도 내릴 생각인가 봅니다요."

"도대체 저 아이가 원하는 게 뭐지? 뭘 원하는지 물어보고, 난롯

가로 들어오라고 해라."

마르티넷은 몹시 주저하며 식당 안으로 들어섰다. 그녀의 작은 갈색 얼굴이 무명천 모자 깊숙이 가려 거의 보이지 않았다. 푸른색 거친 면치마는 가느다란 발목에 가까스로 닿을 뿐 가리지는 못할 정도로 깡총했다.

"안녕하세요." 마르티넷은 식당 안에 모여 있는 사람들에게 가벼운 목례와 함께 나지막이 인사했다. 그녀의 시선은 테이블을 훑으며 '외지에서 온 신사'를 찾고 있었다. 그는 한눈에 알아볼 수 있었다. 가운데 가르마를 한 그의 머리와 역삼각형 모양으로 끝이 뾰족한 턱수염 때문이었다. 그쪽으로 다가간 그녀는 그의 음식 접시 옆에 은화 2달러를 내려놓고 아무 설명도 없이 물러나려고 했다.

"잠깐만, 마르티넷!" 농장주가 큰소리로 그녀를 불렀다. "이게 다 무슨 일이지? 말을 해보거라, 얘야."

"아빠는 아빠를 그리는 어떤 그림도 원치 않으세요." 마르티넷은 겁을 먹은 듯 다소 소심하게 대답했다. 문 쪽으로 가다가 그 대답을 하려고 뒤돌아본 마르티넷은 빠르게 오가는 사람들의 시선 속에서 언뜻 그들 사이에 오가는 뭔가 알고 있는 듯한 미소를 감지했다. 그녀는 곧바로 돌아서서 그들을 똑바로 바라보며 큰 소리로 말했다. 흥분한 때문인지 목소리가 크고 날카로웠다. "우리 아빠는 비천한 케이준이 아니에요. 아빠 그림에 그런 제목을 붙이는 걸 두고 보고만 있지는 않을 거라고요!"

그토록 대담한 말을 할 수 있을 정도로 격앙된 감정 때문에 마르티넷은 거의 앞도 보지 못 할 정도로 서둘러 도망치듯 그 방을 빠져

나왔다.

계단을 내려가던 마르티넷은 어린 소년 아르키 서블릿을 팔에 안고 계단을 올라오는 아버지와 정면으로 마주쳤다. 아이는 작은 체구에 맞지 않게 너무 큰 옷—사실 그건 흑인 청년들이 입는 거친 면 작업복이었다—을 입고 있어서 기이해 보였다. 게다가 에바리스트 자신은 옷도 벗지 않고 물에라도 들어갔는지 옷이 온통 젖어 있었는데, 햇빛과 바람에 그나마 반쯤 말라 있었다.

"여기 댁의 아드님이 왔습니다요." 에바리스트가 지벅지벅 식당으로 들어서며 알렸다. "어린애 혼자 그렇게 카누를 타게 두면 안 됩니다요." 서블릿 씨가 의자에서 벌떡 일어났고, 뒤이어 다른 사람들도 허둥지둥 뒤따라 일어섰다. 그는 불안감에 떨며 즉시 자신의 어린 아들을 품에 받아 안았다. 좀 전에 벌어졌던 매우 심각한 통나무배 전복 사고 때문에 약간 창백하고 불안해 보이긴 했지만, 다행히 아이는 무사했다.

에바리스트는 캐런크로 호수에서 자기가 낚시하던 이야기와 그때 거북 등딱지 같은 통나무배를 타고 깊고 시커먼 강 위로 노를 저어 가던 소년을 보았던 순간에 대해 한 시간 넘게 어설픈 영어로 들려주었다. 호수에 뿌리를 둔 삼나무 수풀 근처에서 나뭇가지를 휘감고 수면까지 축축 늘어진 두터운 틸란드시아 더미에 걸려 꼼짝 못 하던 카누. 그러더니 어느 틈엔가 배는 뒤집혀 있었고, 아이의 비명 소리가 들리더니, 고요하고 검은 수면 아래로 아이가 사라져버렸다고 했다.

"제가 애를 데리고 물가로 헤엄쳐 나와선," 에바리스트가 계속 말을 이었다. "저기 제이크 바티스테 오두막으로 서둘러 갔습죠. 그리곤 아이의 몸을 닦고 따뜻하게 체온도 올리고 마른 옷을 입혔지요. 보시다시피 말이에요. 이젠 괜찮습니다요, 나리. 하지만 두 번 다시 애 혼자 카누를 타게 두시면 안 됩니다요."

마르티넷은 아버지를 따라 식당으로 들어와 있었다. 그녀는 걱정스러운 마음에 아버지의 젖은 옷을 살며시 톡톡 치며 집으로 가자고 불어로 애원했다. 할렛 씨는 즉시 두 사람을 위해 뜨거운 커피와 따뜻한 아침 식사를 내오라고 했다. 너무도 순박한 그들은 아무런 이의 없이 식탁 한쪽에 앉았다. 윌킨스가 두 사람 시중을 들었지만 굳이 숨기려고도 하지 않는 경멸의 표정과 못마땅한 기색이 역력했다.

서블릿 씨는 아들을 자상하게 보살피며 소파 위에 편안한 자리를 만들어주었다. 아들이 전혀 다치지 않았다는 사실만으로도 만족스러웠던 그는 어떻게든 에바리스트에게 적절한 감사의 말을 찾으려 애를 썼다. 하지만 어떤 귀한 말이나 보물로도 그 은혜를 갚을 수는 없을 것 같았다. 반면, 에바리스트의 입장에서는 이러한 따뜻하고 진심 어린 표현들이 자신의 행동이 갖는 의미를 지나치게 과장하여 부풀리는 것만 같아 덜컥 겁이 났다. 괜히 부끄러운 마음이 든 그는 될 수 있는 한 커피잔 깊숙이 얼굴을 숨기고 싶었다.

"바라건대, 에바리스트 자네의 모습을 그릴 수 있도록 해주게." 서블릿 씨가 그 아카디아인의 어깨에 손을 얹으며 부탁했다. "내가 가장 아끼는 작품들 사이에 자네 그림을 놓고 이렇게 제목을 붙이고 싶다네. '테시 바이우의 영웅.'" 그의 확신 가득한 말에 에바리스트는 몹시 부담스러워졌다.

"아닙니다요, 아니에요." 에바리스트가 사양하며 말을 이었다. "물에 빠진 아이 구한 게 무슨 대단한 영웅이라고 그러십니까요. 그저 길에 넘어진 아이 허리 잠깐 숙여 일으켜준 것처럼 쉬운 일인걸요. 전 안 할 겁니다요. 절 그리는 일 안 할 겁니다."

이 일에 대한 친구의 열의를 알아차린 할렛 씨가 거들고 나섰다.

"이보게 에바리스트, 서블릿 씨가 자네를 그릴 수 있도록 하게. 그림에 대한 제목이야 자네가 원하는 대로 붙여도 될 거야. 서블릿 씨가 그리 해주실 걸세."

"물론이지." 화가가 동의했다.

에바리스트는 아이처럼 기뻐하며 쑥스러운 듯 그를 올려다보며 물었다. "그럼 그렇게 결정할까요?"

"됐네, 그렇게 하지." 서블릿 씨가 대답했다.

"아빠" 마르티넷이 속삭였다. "집에 가서 바지도 코트도 좋은 걸로 갈아입는 게 나을 것 같아요."

"자, 그럼, 사람들이 두고두고 말하게 될 그 그림은 뭐라고 불러야 하지?" 불을 등지고 선 농장주가 기분 좋게 물었다.

에바리스트는 짐짓 사무적인 태도를 띤 채 식탁보에다 가상의 펜으로 상상의 문자들을 정성 들여 써보기 시작했다. 그는 진짜 펜으로는 글을 쓸 수 없었다. 글을 읽고 쓸 줄 몰랐던 것이다.

"그림 밑에 이렇게 넣어주세요." 그가 신중하게 덧붙였다. "'테시바이우의 신사, 에바리스트 아나톨 보나모르 씨.'"

이집트산 궐련

건축가이면서 여행자 같은 면모를 지닌 내 친구가 동양을 방문하는 동안 모은 다양한 골동품을 우리에게 보여주고 있었다. "당신을 위한 것도 있지요." 하면서 그는 작은 상자를 집어 들더니 손에서 한 바퀴 돌렸다. "당신 궐련 피우잖아요. 이거 가져요. 카이로에서 수도승처럼 보이는 이에게 호의에 대한 감사의 표시로 받은 거랍니다."

상자는 유약을 바른 노란 종이로 싸놓았는데, 이음매 하나 없는 것처럼 풀칠이 아주 잘 되어 있었다. 물건 이름도 상표도, 내용물을 표시하는 건 아무것도 없었다.

"이게 궐련이라는 건 어떻게 알아요?" 나는 상자를 받아들고 봉인된 편지를 열기 전에 뭔가 하며 살펴보듯 그저 한 바퀴 돌려보며 물었다.

건축가 친구가 대답했다. "그자가 말해준 대로 믿은 거지요. 하지만 그의 진실성을 확인해보는 건 아주 쉬운 일이긴 해요." 그는 예리하고 뾰족한 종이 자르는 칼을 건넸고, 나는 그 칼로 아주 조심스럽게 뚜껑을 열었다.

상자에는 손으로 만 게 분명한 궐련 여섯 개가 들어 있었다. 포장지와 궐련이 거의 비슷한 옅은 노란색이었다. 궐련은 터키산이나 흔한 이집트산보다 정교하게 썰렸으며 담배의 양 끝에는 살담배 가닥이 삐져나와 있었다.

"하나 피워보시겠어요, 마담?" 그가 나에게 불을 붙여보라고 권했다.

"지금 여기서는 말고요, 나중에 커피 한 잔 하고 난 다음, 흡연실을 잠깐 사용해도 된다면 그때 피우지요. 이곳의 몇몇 여자들은 담배 냄새를 질색하거든요."

흡연실은 구부러진 짧은 통로 끝에 있었다. 동양의 물건들로만 채워진 방이었다. 정원 위로 쑥 튀어나온 발코니에 있는 널찍하고 낮은 창문은 열려 있었다. 내가 기대어 누운 긴 의자에서는 흔들리는 나무 꼭대기만 눈에 들어왔다. 오후 햇살에 단풍잎이 반짝였다. 의자 옆에는 흡연자에게 필요한 완벽한 용품 일습을 담아놓은 낮은 좌판이 있었다. 나는 몹시 편안한 느낌으로 희미하게 들려오는 여인들의 끝없는 수다에서 잠깐이나마 벗어난 것을 자축했다.

나는 궐련을 하나 집어 들어 불을 붙이고는 궐련 상자를 좌판 위에 내려놓았다. 그때 거기 있던 자그마한 시계에서 다섯 시를 알리는 종소리가 낭랑하게 울려나왔다.

나는 그 이집트산 궐련을 깊게 한 번 빨아들였다. 회녹색의 담배 연기가 작고 통통한 기둥처럼 솟아올라 넓게 퍼져갔고, 방 안을 가득 채우는 것 같았다. 나는 어렴풋한 달빛에 가려진 것처럼 흐릿한 단풍잎을 볼 수 있었다. 마음을 어지럽히는 포도주의 술기운처럼 미묘하면서도 혼란스러운 어떤 느낌이 내 온몸을 가로질러 머리까지 퍼져갔다. 나는 궐련을 다시 한 모금 깊게 빨아들였다.

"아! 모래 때문에 뺨에 물집이 생겼어! 얼굴을 모래에 파묻고 하루 종일 누워 있었네. 오늘 밤 영원한 별들이 환하게 빛나면, 나는 강으로 갈 거야."

그는 다시는 돌아오지 않을 것이다.

지금까지 나는 그를 따라왔다. 허둥지둥 비틀거리며, 무릎을 꿇고 양손으로 기어가면서. 그리곤 팔을 뻗은 채 여기 모래 속으로 처박히고 말았다.

모래 때문에 뺨에 물집이 생겼다. 온몸에도. 태양은 불같은 고문으로 나를 짓이기고 있었다. 저기 야자나무 무리 아래 그늘이 있다.

나는 그때가 될 때까지, 밤이 올 때까지 여기 모래 속에 머물 것이다.

황홀한 삶이 끝난 후 나는 두 팔을 활짝 벌려 죽음을 받아들이고, 태양이 나를 감싸 안으리라 말하는 신탁과 별들을 나는 비웃었다.

오! 모래 때문에 뺨에 온통 물집이 가득하다! 그 화끈한 불을 끌 눈물조차 흐르지 않는다. 강은 시원하고 어둠은 멀지 않다.

나는 신들에게 등을 돌리며 말했다. "단 하나뿐, 바르자만이 나의 신이야." 백합으로 나를 치장하고 온갖 꽃으로 화환을 만들어 그 덫

없는 달콤한 족쇄에 그를 가둔 것이 바로 그때였다.

그는 다시는 돌아오지 않을 것이다. 낙타를 타고 떠나던 그가 뒤 돌아보았다. 몸을 돌려 여기에 웅크리고 있는 나에게 웃어 보였다. 하얀 그의 치아가 반짝였다.

그가 나에게 키스하고 떠날 때면, 언제나 다시 돌아왔다. 불같이 화를 내며 독한 말들을 쏘아붙이고 떠났을 때도 언제나 돌아왔다. 그러나 오늘 그는 내게 키스도 하지 않았고 화를 내지도 않았다. 다 만 이렇게 말했다.

"오! 나는 족쇄와 키스, 그리고 무엇보다 네게 지쳐버렸어. 나는 떠날 거야. 다시는 나를 못 볼 거야. 남자들이 벌 떼처럼 우글거리는 큰 도시로 갈 거야. 아니 그 너머, 거대한 돌들이 아직 태어나지도 않은 세대를 위한 기념비가 되어 하늘로 솟아오르는 그곳으로 갈 거 야. 오! 피곤해. 당신은 더 이상 나를 보지 못할 거야."

그렇게 그는 낙타를 타고 가버렸다. 그가 웅크린 나를 뒤돌아볼 때 잔인한 미소와 함께 하얀 이가 드러났다.

시간은 얼마나 더디게 가는가! 며칠 동안이나 절망에 빠져 여기 모래 속에 누워 있었던 것 같다. 절망은 쓰라리지만 확고한 결의를 키워낸다.

내 머리 위로 원을 그리며 낮게 날아가는 새의 퍼덕이는 날갯소리 가 들린다.

태양이 사라졌다.

모래알이 입술과 이 사이, 메마른 혀 아래로 굴러다닌다.

고개를 들면 아마 저녁별을 보게 되겠지.

오! 내 팔과 다리의 고통! 온몸이 부서진 것처럼 욱신거리고 멍투성이다. 왜 오늘 아침처럼 일어나 달릴 수 없는 걸까? 왜 상처 입은 뱀처럼 몸을 비틀며 괴로워 몸부림쳐야만 하나?

강이 아주 가까이 있다. 강물 소리가 들리고―강이 보인다―아! 모래! 오! 빛! 얼마나 시원한가! 얼마나 서늘한가!

물! 물! 내 눈과 귀, 목구멍에! 숨 막혀 죽을 것 같아! 도와줘! 신들은 나를 돕지 않을까?

오! 달콤하고 황홀한 휴식이여! 신전에는 음악이 흐르고, 여기엔 맛있는 과일이 있어. 바르자는 음악과 함께 왔지. 달은 환하게 비추고, 산들바람이 부드럽다―화환―왕의 정원으로 들어가 푸른 백합을 보자, 바르자여.

단풍잎은 은빛에 싸여 반짝이는 것처럼 보였다. 회녹색 연기가 더 이상 방에 가득하지 않았다. 눈꺼풀조차 움직일 수 없었다. 수세기 동안의 무게가 탈출하려고, 자유로워지려고, 숨을 쉬려고 고군분투했던 나의 영혼을 질식시키려는 것 같았다.

나는 깊고 깊은 인간적 절망을 맛보았다.

스탠드 위의 작은 시계는 다섯 시 십오 분을 가리켰다. 궐련은 여전히 노란색 상자에 보관되어 있다. 내가 피운 꽁초만 남았다. 나는 그 꽁초를 재떨이에 버렸다.

엷은 포장지에 담긴 궐련을 보자 그 담배는 어떤 환영을 내게 가져다줄 것인지 궁금했다. 그 신비한 연기 속에서 찾지 못할 것이 무엇인가? 내 마음으로 한 번도 느껴본 적이 없었던 천국의 평화에 대한 환상, 희망이 이루어진 꿈, 그리고 황홀경 같은 그런 것들.

나는 양손으로 궐련을 집어 들어 짓이기듯 움켜쥐고는 창문으로 걸어가 손바닥을 활짝 폈다. 가벼운 산들바람이 황금빛 실을 채가더니 멀리 단풍잎 사이로 하늘하늘 춤추듯 사라져갔다.

내 친구인 건축가가 커튼을 걷으며 커피 한 잔을 가지고 들어왔다.

"얼굴이 몹시 창백하군요!" 그는 걱정스러운 듯 말했다. "어디 불편한 건 아니지요?"

나는 그에게 대답했다. "꿈 때문에 조금 힘들긴 해요."

베니토의 노예

늙은 흑인 오즈월드는 자신이 베니토 가문의 소유라 믿었다. 누가 무슨 말을 해도 소용이 없었다. 도대체 말도 안 되는 생각이라 무슈는 할 수 있는 방법은 다 해봤다. 물론 베니토 가문이 그를 소유했던 때도 있었지만 그건 틀림없이 50년 전 일이었다. 그 이후로 그는 다른 사람들의 소유였다가 자유의 몸이 되었다.

게다가 내커터시 시내 한 귀퉁이에서 어린 딸과 함께 살며 '고급 모자 가게'를 차린 몹시 가냘픈 여자 말고 그 고장에 베니토 가문은 단 한 사람도 남아 있지 않았다. 베니토 가문은 뿔뿔이 흩어져 사라졌고 농장도 옛 명성을 잃었다. 하지만 그것조차도 오즈월드에게는 아무 상관이 없었다. 순수하게 친절한 마음으로 자신을 지켜주는 무슈로부터 노상 도망쳐서 베니토 가문으로 돌아가려고만 했다.

더 큰 문제는 그런 시도를 하다가 끊임없이 다친다는 것이었다. 한번은 늪지에 빠져 거의 익사할 뻔했고, 한번은 기관차에 치일 뻔했다. 이틀 동안이나 행방이 묘연하다가 숲에서 의식을 잃은 채 거의 죽어가는 그를 가까스로 구조한 어느 날, 무슈와 의사 봉필은 어쩔 수 없이 이 늙은 흑인에게 뭔가 조치를 취할 수밖에 없다고 결정했다.

그래서 어느 화창한 봄날, 무슈는 오즈월드를 마차에 태워 내커터시로 갔다. 가난한 사람들을 돌봐주는 보호시설로 그를 데려다줄 저녁 열차를 탈 요량이었다. 그들이 시내에 도착했을 때는 너무 이른 시각이라서 기차를 타려면 아직 몇 시간 더 기다려야 했다.

그는 호텔 앞에 말을 묶어두고 도무지 호텔 같아 보이지 않는 특이하고 고풍스러운 회벽 집으로 들어갔다. 오즈월드를 뜰 안쪽에 있는 그늘진 벤치에 앉혀둔 채.

때때로 오가는 사람들이 있긴 했지만 무릎 사이에 낀 지팡이 위로 꾸벅꾸벅 졸고 있는 늙은 흑인에게 관심을 갖는 이는 아무도 없었다. 그건 내커터시에서는 너무도 흔한 광경이었다.

열두 살쯤 된, 까만 눈동자에 착한 눈빛을 가진 소녀가 조심스럽게 짐 꾸러미를 들고 안으로 들어갔다. 푸른색 캘리코 드레스를 입은 소녀는 갈색 곱슬머리 위에 소등기 모양의 빳빳한 흰색 햇빛가리개 모자를 쓰고 있었다.

나오는 길에 그 소녀가 오즈월드를 지나쳐 가는 순간 졸고 있던 그가 지팡이를 떨어뜨렸다. 그 소녀는 여느 착한 아이들처럼 지팡이를 주워 그에게 건네줬다.

"아, 고마워요. 고마워요, 아가씨." 오즈월드는 꼬마 숙녀의 도움에 어쩔 줄 몰라 더듬거리며 말했다. "어여쁜 꼬마 아가씨군요, 이름이?"

"수잔이에요, 수잔 베니토." 소녀가 대답했다.

순간 그 늙은 흑인은 휘청거리며 일어서더니 일말의 망설임도 없이 소녀를 따라 정문을 지나 거리로 나가 모퉁이를 돌아갔다.

한 시간 넘게 정신없이 찾아 헤맨 끝에 무슈는 '고급 모자 가게'를 하는 베니토 부인의 손바닥만 한 집 회랑에 서 있는 그를 발견했다.

두 모녀는 한 손에 모자를 쥐고 서서 끈덕지게 그들의 명령을 기다리며 충성스런 하인처럼 구는 그의 속내를 알 수 없어서 당혹스러워하고 있었다.

무슈는 단번에 상황을 파악했다. 그는 아무런 대가도 바라지 않는 오즈월드의 봉사를 받아들여달라고, 늙은 흑인의 안녕과 행복을 위해서 그리 해달라고 베니토 부인을 설득했다.

오즈월드는 이제 더 이상 도망가려 하지 않았다. 장작을 패고 물을 나르고, 이전에 수잔이 했던 배달도 신명 나게 열심히 했다. 그가 끓여 내는 블랙커피는 맛이 일품이었다.

일전에 나는 내커터시에서 그 늙은 흑인과 마주쳤는데, 그는 누군가가 그의 주인마님에게 보내는 무화과 바구니를 들고 세인트데니스 거리를 만족스러운 표정으로 어기적어기적 걷고 있었다.

나는 그의 이름을 물었다. "제 이름은 오즈월드입니다, 부인. 오즈월드, 그게 제 이름입죠. 저는 베니토 댁 하인입지요." 바로 그때 어떤 사람이 나에게 그에 관한 얘기를 들려주었다.

슈숫 도련님을 위하여

"자, 젊은 친구, 자네가 명심하고 또 명심하며 모토로 삼아야 할 것은 말이지 '엉클 샘에게 허튼짓은 금물'이라는 것이네. 알겠나? 엉클 샘한테 허튼짓 하면 어떤 벌을 받게 될지는 알 거야. 내 할 말은 그게 다야. 자, 그러니 내일 아침 일곱 시 정각에 와서 대기 하도록 하게. 미합중국 우편 행낭은 이제부터 자네 책임일세."

클라우티어빌 우체국장이 마을에서 3마일 정도 떨어진 기차역까지 우편 행낭 배달 임무를 맡게 된 청년 아르망 베르셋에게 몹시도 젠체하며 해대던 연설은 이렇게 끝났다.

별명을 지어 부르는 크리올 사람들의 관습에 따라 모든 사람들이 아르망 아니면 슈숫이라 부르는 그 청년은 우체국장의 말을 듣는 동안 약간 짜증이 났다. 하지만 그를 수행하는 흑인 사내아이는 달랐다. 그 아이는 우체국장의 두서없는 말 한마디 한마디를 더할 나위 없는 깊은 존경심과 경외감을 품은 채 경청했다.

"얼마나 받게 되나요? 슈슛 나리?" 마을로 돌아오는 길에 조금 뒤처져 따라오던 아이가 물었다. 그 아이는 아주 새까만 데다 몸도 조금 온전치 못해 보였다. 함께 가는 슈슛의 어깨에도 닿지 못할 정도로 왜소한 몸에 슈슛이 입던 헌 옷을 걸치고 있었다. 슈슛은 열여섯 살 나이치고는 키가 크고 행동거지가 화통했다.

"어, 한 달에 삼십 달러를 받을 거야, 워시. 어때? 목화밭 일보다 낫지, 그렇지?" 그가 환하게 웃었다. 우쭐거리는 기색이 역력했다. 하지만 워시는 웃지 않았다. 그는 새로 맡은 역할에 부여된 중요성에 상당히 깊은 인상을 받은 한편, 한 달에 삼십 달러라는 생각지도 못한 돈이 가져올 꿈같은 일을 상상하며 몹시 들떠 있었다.

워시는 이 새로운 임무에 딸린 책임이 엄청나다는 것도 충분히 인식하고 있었다. 그 책임에 걸맞은 상당한 급여가 우체국장의 말을 들으며 느낀 대단한 인상을 더 확실하게 해주었다.

"그 돈을 다 받는다고요? 놀랍네요! 베르셋 마님께서 뭐라 하실 것 같아요? 틀림없이 놀라서 까무러치실걸요."

그러나 베르셋 부인은 아들의 행운을 전해 듣고도 '까무러칠 정도로' 놀라지는 않았다. 그렇지만 아들의 검은 곱슬머리를 어루만지는 그녀의 쇠약한 하얀 손이 조금 떨린 것은 사실이었다. 아버지 없는 아들이 앞날을 더 잘 꾸려나갈 수 있는 첫걸음을 내딛는 것 같아 감정이 복받친 나머지 지친 두 눈에 눈물까지 보였다.

두 모자는 꽤 오래된 목조 가옥들이 먼지 나는 길을 사이에 두고 서로 가깝게 마주 보며 두 줄로 길게 늘어서 있는 작은 프랑스 마을의 가장 외진 변두리에 살고 있었다. 창피함을 가까스로 면할 정도의 작고 초라한 시골집이 그들의 거처였다.

마을의 모든 사람들이 베르셋 부인에게 친절을 베풀었다. 아침나절이면 이웃 사람들이 부인의 일을 도우러 달려왔다. 부인은 혼자 할 수 있는 일이 거의 없었다. 성품이 어진 앙투안 신부가 자주 부인을 찾아와 이런저런 악의 없는 소문들을 이야기하는 말동무가 되어주었다.

워시가 베르셋과 슈숫 모자를 좋아하는 정도는 헌신이라는 말로도 표현하기 부족했다. 워시는 베르셋 부인을 마치 그녀가 하늘나라의 천사나 되는 듯 공경했다.

슈숫은 유쾌한 젊은이였다. 누구나 그를 좋아할 수밖에 없었다. 마음은 남쪽 지방의 햇살처럼 따뜻하고 명랑했다. 불운하게도 심한 건망증을, 혹은 좀 더 좋게 말해 무심한 성격을 타고나기는 했지만 그걸 두고 그를 비난하는 사람은 아무도 없었다. 오히려 그 또한 행복하고 근심 없는 그의 성격의 일부처럼 보였다. 충견 같은 워시가 거의 언제나 슈숫의 손과 눈, 귀가 되어주면서 그 뒤를 그림자처럼 따라다니는 것은 바로 그런 까닭이 아닐까?

어느 화창한 봄밤, 슈숫이 강을 빙 둘러 나 있는 길을 따라 말을 타고 역으로 가는 중이었다. 조랑말 위에 걸쳐놓은 투박한 우편 행낭은 거의 다 비어 있었다. 클라우티어빌 마을의 우편물은 거의 없었고 있다고 해도 별로 중요한 것도 아니었다. 그러나 슈숫은 그런 사실을 몰랐다. 사실 그는 우편물 생각은 하지도 않고 있었다. 그저 이 향기로운 봄밤, 삶이 너무도 즐겁다는 느낌만 가득했다.

길가에 띄엄띄엄 오두막들이 있었지만 늦은 시각이라 대부분 어두컴컴했다. 다른 곳보다 유난히 환하고 화려해 보이는 어느 집 근처에 이르렀을 때 안에서 바이올린 소리가 들리고 곳곳의 열린 틈 사이로 불빛이 새어 나왔다.

길에서 멀리 떨어진 곳이라 말을 멈추고 어둠 속을 헤치고 뚫어져라 쳐다보아도 열린 문과 창문 앞을 지나가며 춤추는 사람들이 누군지 알아볼 수 없었다. 하지만 그것이 일주일 내내 사내아이들이 말하던 그로스레옹의 무도회라는 것은 알 수 있었다. 그러니 문 앞으로 가서 잠깐 춤추는 이들과 이야기를 나누면 안 될 이유가 뭐가 있겠는가? 슈숫은 말에서 내려 울타리 말뚝에 말을 매어놓고 집 쪽으로 갔다.

다듬지 않은 거친 들보들이 야트막한 천장을 가로질러 놓여 있고 남녀노소 가득한 길쭉한 방에는 연기와 함께 세월의 흔적이 까맣게 내려앉아 있었다. 벽난로 선반 위에 석유 램프 하나가 꼭 그 방에 어울릴 만큼의 불빛을 밝혀주고 있었다.

멀리 한쪽 구석에 판자로 된 단상에 놓인 두 개의 큰 밀가루통 위에 엉클 벤이 앉아 끽끽 대는 바이올린을 연주하면서 "피겨!"* 하고 소리치고 있었다.

"슈숫이 왔다!" 하고 누군가 외쳤다.

"때를 잘 맞춰 왔네, 슈숫. 자 여기 이 분은 레옹틴 양. 마침 파트너를 기다리던 중이라네."

"파트너에게 인사!" 엉클 벤이 우렁차게 소리쳤다. 슈숫은 한 손

---

* 한 번 선회하는 동작. ─옮긴이

을 우아하게 뒤로 젖히고 다른 손을 내밀면서 레옹틴 양에게 깊숙이 머리 숙여 공손하게 인사를 했다.

당시 슈숏은 훌륭한 춤꾼으로 널리 소문이 자자했다. 그런 그가 플로어에 나서자 모든 참가자들에게 생기가 도는 듯했다. 다시 신이 난 엉클 벤이 소리쳤다. "자 모두 자리 잡고! 먼저 앞뒤로 네 스텝!"

발끝을 뾰족하게 세운 뒤 거의 바닥에 닿지 않을 듯 날렵하게 바닥을 휩쓸며 뛰어올라 양발을 마주 부딪치는 슈숏의 환상적인 춤동작을 보기 위해 무도회 참석자들이 두 사람 주위로 바싹 다가갔다.

"역시 슈숏이 제대로 된 스텝을 보여주는군. 멋진데!" 아주 만족스러운 표정의 그로스 레옹이 지켜보던 무도회 참석자들에게 소리쳤다.

"저 친구를 봐, 저기 보라고! 정말이지, 벤 영감이 슈숏을 따라잡으려면 더 열심히 해야 할걸!"

정말 그랬다. 사방에서 그에게 퍼붓는 찬사와 격려에 과찬까지 이어지자 슈숏의 얼굴이 현란한 그의 발처럼 환해졌다.

거무스름한 흑인들의 얼굴이 창가에 나타났다. 크게 울리는 춤곡 메들리에 이미 귀가 먹먹할 정도였지만 안에서 벌어지는 광경을 보면서 시끄럽게 웃어대는 그들의 눈이 환하게 빛났다.

시간은 빠르게 흘러갔다. 방 안 공기는 텁텁하고 후텁지근했으나 신경 쓰는 사람은 아무도 없는 듯했다. 그때 엉클 벤이 리드미컬하게 사람들에게 소리쳤다. "자, 모두 오른쪽과 왼쪽 자리 바꾸고! 왼쪽 파트너 돌고!"

슈숏은 왼편에 있던 펠리시 양을 향해 몸을 돌려 미소를 지으며 손을 뻗었다. 그때 끔찍하게 울부짖는 기관차의 긴 기적 소리가 그의 귀에 또렷하게 들려왔다. 그 소리가 채 사라지기도 전에 슈슛이 방에서 사라졌다. 깜짝 놀란 펠리시 양은 그가 떠난 자리에서 손을 올린 채로 붙박인 듯 서 있었다.

그 소리는 역을 향해 가는 기차가 내는 기적 소리였다. 슈슛이 있어야 할 곳이었다. 하지만 슈슛은 역에서 일 마일 이상이나 떨어져 있었다! 그 기적 소리는 그가 근무지를 이탈했다는 것을 불시에 상기시켜주었다. 그는 자신이 너무 늦었다는 것을, 그래서 그 먼 거리를 시간에 맞춰 갈 수 없다는 것을 알았다. 그래도 슈슛은 그때라도 자신이 해볼 수 있는 일을 하려고 했다. 그는 조랑말을 두고 왔던 외곽도로로 황급히 달려갔다.

말이 안 보였다! 미합중국의 우편 행낭도 함께 사라졌다!

잠깐 동안 슈슛은 겁에 질려 멍하게 서 있었다. 그러나 이내 앞으로 벌어질 몸서리치게 지긋지긋할 일들이 마음속에 섬광처럼 떠올랐다. 신뢰가 생명인 자리를 맡아놓고 망쳐버려 망신거리가 될 자기 모습, 운명처럼 다시 찾아올 가난, 그리고 그런 불행과 수치를 함께 감내해야만 하는 사랑하는 어머니.

그는 지푸라기라도 잡고 싶은 심정으로 허둥지둥 집을 나올 때부터 그를 뒤따라온 흑인들에게 물었다.

"내 말을 본 사람? 당신들, 내 말 어떡한 거야, 응?"

"이봐, 대체 누가 니 말을 가져갔다는 거야?" 혼혈인 구스타프가 뚱한 표정을 하고 툴툴거렸다.

"애초에, 니가 말을 그냥 길에 두어선 안 되는 거였지."

"방금 전에 저 길 아래서 말 달리는 소리 들린 것 같은데. 안 그래요 엉클 제이크?" 다른 흑인이 조심스럽게 말했다.

"아무 소리도 못 들었는데. 떠버리 벤이 저쪽서 야단법석 떨면서 고함쳐대는 건 들었네만."

"내 말 좀 들어!" 흥분한 슈웃이 그들에게 소리쳤다. "누구라도 얼른 말 좀 끌어다 줘. 말이 필요해. 말이 있어야 한다구! 젤 먼저 말 끌어다 주는 사람한테 이 달러 줄게."

바로 근처에 있는 제이크 씨의 오두막에 딸린 부지에서 제이크 씨의 작은 조랑말이 울타리 가장자리와 모서리를 따라가며 서늘하고 촉촉한 풀을 뜯고 있었다. 아까 그 흑인이 조랑말을 끌고 왔다.

슈웃은 지체없이 단숨에 말 등에 올랐다. 안장도 굴레도 달라고 하지 않았다. 그 지역 대부분의 말들은 간단한 동작만으로도 몰 수 있도록 길들여져 있었다. 말에 오르자마자 그는 걷잡을 수 없이 요동치는 마음으로 던지듯 몸을 쑥 내밀어 뺨이 말의 갈기에 닿을 정도로 깊숙이 몸을 숙였다. "이랴!" 그가 날카롭게 외치자 말도 쏜살같이 달려 나갔다. 흑인들은 뿌연 흙먼지 속에 놀란 표정으로 서 있었다.

그야말로 광란의 질주였다! 길 한쪽은 곳곳이 가파른 데다 무너져 내리기까지 하는 강둑이었고 다른 쪽은 울타리가 쭉 이어져 있었다. 깔끔한 널빤지 울타리가 보이는가 싶더니 위험해 보이는 가시철조망이 나타났고 이따금 갈지자 모양의 가로대도 있었다.

캄캄한 밤이었다. 별빛만이 흐릿하게 비치고 있었다. 사방은 고요했다. 단단한 흙길을 질주하는 말발굽 소리, 말의 거친 숨소리, 그리고 속도가 줄었다는 느낌이 들 때마다 "이랴, 이랴" 외쳐대는 슈숫의 열뜬 목소리만이 적막을 깨고 들려왔다.

이따금 들개들이 어둠 속에서 짖어대며 하릴없이 쫓아왔다.

"길로, 길로, 보나리엔!" 무턱대고 달려가다 강 언저리에 너무 바짝 다가서는 바람에 말발굽 아래 강둑이 부스러져 내리자 슈숫이 숨을 헐떡이며 소리 질렀다. 필사적으로 말을 몰아 훌쩍 도약한 뒤에야 가까스로 물속으로 처박히는 것을 모면할 수 있었다. 슈숫은 자신이 무엇을 그토록 미친 듯이 쫓고 있는 것인지 알 수 없었다. 그저 무언가가 필사적으로 그를 몰아대고 있는 것 같았다. 두려움, 희망, 혹은 절망이.

그는 역을 향해 곧장 달려가고 있었다. 지금으로선 당연히 가장 시급한 일 같았다. 고삐 풀린 말이 저 혼자 그리 갔을 수도 있다는 실낱같은 희망이 남아 있었다. 그러나 그로스-레옹 집 앞에 모인 사람들 속에서 '도둑 구스타프'를 본 순간 그 희망은 사라지고 참담한 확신이 슈숫에게 엄습해왔다.

"이랴! 이럇, 보나리엔!"

저 앞쪽에 기차역의 불빛이 환하게 비추고 슈숫의 맹렬한 질주도 거의 끝나갔다. 역에 가까워지자 슈숫은 무슨 심사인지 돌연 말의 속도를 늦췄다. 나지막한 담장이 그 앞에 놓여 있었다. 바로 조금 전만 해도 달음에 그 담장을 뛰어넘었을 것이었다. 보나리엔이 그 정도는 할 수 있었다. 하지만 그는 담장 끝으로 천천히 말을 몰아 거기 있는 문을 지나갔다.

가까이 갈수록 그의 기세는 점점 꺾이고 마음은 움츠러들었다. 말에서 내린 그는 조랑말의 갈기를 붙잡고 다소 겁에 질린 모습으로 젊은 역장에게 다가갔다. 역장은 선로 근처에 부려놓은 화물들을 점검하고 있었다.

"허드슨 씨." 슈숏이 머뭇거리며 역장에게 말을 걸었다. "혹시 이 근방 어디서건 제 조랑말, 그리고…… 우편 행낭을 못 보셨는지요?"

"자네 말은 숲속에 별 탈 없이 잘 있다네, 슈숏. 행낭은 뉴올리언스로 가는 중이고."

"아, 하느님, 감사합니다!" 그는 비로소 안도의 한숨을 내쉬었다.

"그런데 내 생각엔, 자네의 바보 같은 그 쪼그만 검둥이 녀석이 혼자 사고를 좀 친 것 같아."

"워시가요? 아니, 허드슨 씨! 워시한테 무, 무슨 일이 있었나요?"

"저기 내 침상에 눕혀놓았는데, 다쳤더라고. 그것도 아주 심하게. 그게 문젤세. 자네도 알다시피 열 시 사십오 분 열차는 오래 안 서 있잖나. 그 열차가 막 출발하려는 참이었는데, 어이쿠, 글쎄 자네의 그 쪼그만 녀석이 스펑키를 타고는 뒤에서 악마가 쫓아오기라도 하는 것처럼 냅다 달려오는 게 아니겠나!

22번 열차가 얼마나 빨리 떠나는지는 자네도 알걸세. 그런데 그 말썽꾸러기 녀석이 열차 바퀴에 금방이라도 치일 것처럼 나란히 달려오는 게 아니겠나! 그래 내가 냅다 소리를 질렀지. 도대체 녀석이 어쩔 속셈인지를 몰라 욕이라도 퍼부으려는 찰나 녀석이 그 우편 행낭을 열차 안으로 그림처럼 깔끔하게 던져 넣더라구! 버팔로 빌이라도 녀석보다 더 깔끔하게 해내진 못했을 걸세. 그때 스펑키가 놀라서 흠칫 뒷걸음을 쳤지. 그 바람에 워시는 기차 옆면과 뒷면에 부딪혀 고무공처럼 튕겨져 나가더니 도랑에 처박혀버렸다네. 그런 걸 우리가 안으로 데리고 들어왔지. 닥터 캠벨에게 14번가로 와서 할 수 있는 대로 봐달라고 전보는 쳐 놨다네."

집으로 가면서 허드슨 역장은 슈숏에게 그 일에 대해 이야기해주었다. 얘기를 듣는 슈숏은 정신이 반쯤 나가 있었다. 집안에 들어서자 나지막한 침상에 그 자그만 흑인 아이가 가쁜 숨을 몰아쉬며 누워 있었다. 파리하게 잿빛으로 변한 새까만 얼굴에는 죽음의 그림자가 어려 있었다. 그는 침대에 눕힐 때 말고는 제 몸에 손도 못 대게 했었다. 방 안에 모인 남자들과 혼혈 여자들 몇이 호기심과 연민이 뒤섞인 눈길로 그를 바라보고 있었다.

슈숏을 본 워시는 두 눈을 꼭 감았다. 그의 자그만 몸이 온통 부르르 떨렸다. 옆에 있던 사람들은 그가 죽었다고 생각했다. 목이 멘 슈숏은 워시 곁에 무릎을 꿇고 그의 손을 꼭 잡았다.

"아, 워시, 워시! 도대체 왜 그랬어? 뭐 때문에 그런 거야, 워시?"

"슈숏 도련님." 슈숏 외에는 누구에게도 들리지 않는 작은 소리로 그가 입을 뗐다. "그로스-레옹 씨 집을 지나 큰길로 걸어가는데 우편 행낭을 실은 스펑키가 묶여 있는 걸 봤어요. 시간이 없었어요 – 정말 '맹세코' 슈숏 도련님, 도련님을 부르러 갈 시간이 없었어요. 대체 제가 왜 그런 생각을 했던 걸까요?"

"신경 쓰지 마, 워시. 가만히 있어. 말하려고 애쓰지 말고." 슈숏이 간곡히 부탁했다.

"화나신 건 아니죠, 슈숏 도련님?"

슈숏은 그저 잡고 있던 손을 꼭 움켜쥐는 것으로 대답을 대신했다.

"시간이 없었어요. 그래서 스펑키에 올라탔지요. 그 길이 그렇게 또렷하게 보인 건 생전 처음이에요. 열차 옆에 나란히 달려가 행낭을 던졌어요. 행낭이 열차에 실리는 건 봤지만 그 뒤론 아무것도 모르겠어요. 아프기만 했어요. 그리곤 도련님이 저 문으로 들어오시는 걸 봤지요. 어쩌면 아르망 마님은 뭔가를 아실 수도 있어요." 워시가 맥없이 중얼거렸다. "어떻게 하면 제가 제대로 생각을 해낼 수 있을지 말이에요. 전 괜찮아질 거예요. 저 말고 누가 슈숏 도련님을 지켜주겠어요?"

성찰

어떤 사람들은 선천적으로 활기차고 민감한 에너지를 타고난다. 그들은 시대에 뒤처지지 않고 광적인 속도로 달려갈 수 있는 큰 동력을 각자의 성격에 부여받은 것이다. 그런 사람들은 행운아들이다. 그들은 상황의 의미를 파악하려 군이 애쓸 필요가 없다. 그런 사람들은 지치거나 실수하지도 않으며, 대열에서 낙오하여 길가에 주저앉아 이동하는 행렬을 바라보게 되지도 않는다.

아! 나를 길가에 남겨놓고 떠나가는 저 행렬! 그 행렬의 환상적인 색채는 물 위에 너울거리는 태양보다 더 찬란하고 아름답다. 끝없이 내리누르는 무리의 발아래 영혼과 육신이 무너진다 한들 무슨 상관이란 말인가! 행렬은 천체의 장엄한 리듬과 함께 움직인다. 행렬 속에서 충돌하는 불협화음은 다른 세상의 음악과 어우러진 조화로운 음으로 승화되어 신의 오케스트라를 완성한다.

인간 에너지의 움직이는 행렬은 별보다, 고동치는 대지와 그 위에서 자라는 모든 것보다 위대하다. 오, 길가에 남겨져 풀과 구름과 말 못하는 몇몇 짐승과 함께 흐느껴 울 수 있다면! 그렇다, 나는 이 생명의 불변성을 상징하는 무리 속에서 편안함을 느낀다. 행렬 속에서 나는, 짓이기는 발, 충돌하는 불협화음, 무자비한 손과 가쁜 숨을 느낄 수밖에 없을 것이다. 나는 행렬의 리듬 소리를 들을 수 없을 것이다.

행복할지어다! 그대 침묵하는 이들이여. 길가에 비켜서서 묵묵히 기다릴지니.

작은 시골 소녀

니네트는 양잿물 비누와 모래를 섞어 양철 우유통을 광이 나도록 닦는 중이었다. 그녀는 종려나무라고 부르는 그 지역 야자나무의 수염뿌리로 만든 수세미를 사용했다. 마당의 뽕나무 아래 양철통들을 올려놓은 긴 테이블이 있었다. 냄비와 주전자를 씻고 닦고기며 살코기, 야채를 썰고 요리할 준비를 하는 곳도 거기였다.

이건 순전히 심술 맞은 두 노인네들 때문이었다. 그들은 젊은 시절을 보낸 지 너무 오래되어 서커스가 사람들 가슴에 위로와 용기를 북돋워주는 방법 중 하나라는 걸 더 이상 믿지 않았고 서커스 보는 것도 용납할 수 없었다.

니네트는 그들에게 서커스라는 말조차 꺼내지 않았다. 그럴 필요가 뭐가 있을까? 차라리 이렇게 말하는 편이 나았을 것이다. "할아버지, 할머니, 미리 약간의 돈을 주고 허락해주신다면, 제 할 일 다 하고 나서 오늘 오후에 저 멀리 있는 별을 방문하고 싶어요."

후덥지근한 날씨의 열기에 화까지 잔뜩 난 니네트의 얼굴은 빨갛게 상기되어 있었다. 그녀의 까맣고 곧은 머리카락들이 계속 얼굴 위로 흘러내렸다. 단정치 못하게 길게 자란 머리였다. 할머니는 6개월쯤 전부터 머리를 자르지 못하고 기르게 했다. 옥양목 스커트가 신발도 신지 않은 굵은 갈색 발목 살짝 위까지 내려왔다.

흑인들까지 모두 서커스에 갈 예정이었다. '까망이'로 불리는 수잔의 딸이 마당을 지나다가 테이블 옆에서 얼쩡거렸다.

"넌 서커스 보러 안 가?" 그녀는 생색내듯 물었다.

"안 가." 니네트는 빵 굽는 팬을 쾅 하고 테이블 위로 던지듯 내려놓았다.

"우린 다 갈 거야. 아빠 엄마 그리고 식구들 전부 가기로 했어." 테이블에 편히 기대어 선 모습에 만족스러워하는 태도가 역력했다.

"그 돈이 다 어디서 나는지 모르겠네."

"아. 미스터 벤이 엄마의 품삯 일 달러를 선불해줬어. 조가 지난번 목화 따서 번 돈 칠십오 센트도 있고. 아빠는 쓸모없어진 낡은 쟁기를 데니스에게 팔았지. 하여간 우린 다 갈 거야.

조가 그러는데 그들이 미스터 벤 네 길 저기 뒤편으로 가는 걸 보았대. 옥수수 창고만큼 어마어마한 코끼리도 있다던데. 그러면서 뻐기며 가더라고. 괴상한 동물들도 우리에 한 가득이고. 온갖 종류의 개들과 말들도 있다던데. 빨강 스커트를 입고 금과 다이아몬드로 주렁주렁 치장한 여인들도 있고.

우린 다 가는데. 너 할머니한테 물어보긴 했니? 왜 할아버지한테는 부탁 안 하는 건데?"

"그건 내 문제고. 네가 상관할 일이 아냐, 까망아. 저기 네 집에 가서 너 할 일이나 하지."

"난 서커스 갈 때 입을 핑크색 주름드레스 다리는 거 말곤 할 일도 없어." 그러더니 그녀는 누더기 같은 스커트 자락을 팔랑거리면서 거만한 태도로 떠났다. 그녀가 떠나자 니네트의 눈에 꾹 참고 있던 눈물이 고여 뚝뚝 떨어졌다. 그녀의 마음속에는 분한 생각이 이스트를 넣은 반죽처럼 계속 부풀어 올라 못된 생각이 들끓었고, 그 서커스를 향한 온갖 저주를 퍼붓게 만들었다. 그 가운데 최악은 비가 쏟아지기를 바란 것이었다.

"제발 비가 억수같이 퍼붓게 해주세요. 비가 쏟아지게 해주세요, 왕창 쏟아지게 해주세요!" 그녀는 젊은 메두사가 저주를 퍼붓는 듯한 태도로 내뱉었다.

"모두 홀딱 젖어버린 꼴을 봤으면 좋겠어. 핑크 주름 드레스를 입은 까망이까지 모두 다 홀딱 젖어버려." 그녀는 영어를 알아듣지 못하는 할아버지와 할머니 앞에서도 이런 저주를 쏟아냈다. 사실 그런 이유로 그녀는 많은 경우에 자기 생각을 표현할 때 영어를 사용했다.

"무슨 말을 하는 거냐, 니네트?" 할머니가 그녀에게 물었다. 니네트는 마지막으로 가져온 양철통을 부엌 선반 위에 정리하고 있었다.

"비가 오게 해달라고 말했어요." 얼굴을 닦고 파이 팬으로 부채질을 하면서 그녀가 대답했다. 마치 숨막힐 것 같은 더위 때문에 날씨가 바뀌었으면 하고 바라는 것처럼.

"못된 계집애로구나." 할머니가 버럭 화를 내며 말했다. "네 할아버지에게 비가 오면 금방이라도 떨어져서 엉망이 되어버릴 그 많은 목화밭이 있다는 걸 알면서 그런 말을 하다니. 게다가 오늘 할아버지는 애 어른 할 것 없이 밭은 내팽개치고 마을로 놀러 간 사람들한테 이미 단단히 화가 나 있는데 말이다. 자기 목화는 제 손으로 수확하게 하는 법이 있어야만 해. 그 게으름뱅이들! 아! 옛날이 좋았지.”

니네트는 감수성이 예민했고, 기적을 믿었다. 가령, 그날 오후 서커스에 갈 수만 있다면 그것을 기적이라고 여길 것이다. 희망은 믿음을 바짝 뒤따르기 마련이다. 하얀 날개를 단 여신, 희망은 그녀를 떠나지는 않았지만 기적을 실현시키기 위한 준비 과정으로 대수롭지 않지만 옳지 못한 짓을 소소하게 많이 하게 만들었다.

그녀는 지난 일요일 미사에 갈 때 입은 뒤 개켜 보관해둔 체크무늬 무명 드레스가 제자리에 있는지 옷장 안을 몰래 들여다보았다. 신발 상태도 살펴두었고, 베개 밑에 숨겨두었던 깨끗한 스타킹도 꺼내놓았다. 집 뒤 양철 대야에서 얼굴과 목을 얼마나 빡빡 문질렀는지 마치 삶은 가재처럼 빨개졌다. 땋기에는 짧은 머리는 뒤로 넘겨 초록색 리본으로 꼭 묶었는데 짧고 뻣뻣한 꼬리처럼 곤추섰다.

오후가 지나자마자 마을 전체에 여느 때와 다른 술렁거림이 눈에 띄기 시작했다. 들판은 텅 비었다. 흑인이건 백인이건 가릴 것 없이 사람들은 삼삼오오 무리지어 여기저기 길을 따라 걷기 시작했다. 양쪽 강변에선 조랑말들이 등에 둘씩 혹은 셋씩 사람들을 태우고 촐랑거리며 달려갔다. 성깔 사나운 노새들이 끄는 파랑 혹은 초록 짐마차, 유개차, 무개차에 오래돼 낡고 삐걱거리는 가족들을 태운 사륜마차, 흑인 아이들을 가득 태운 묵직한 짐마차의 행렬들은 마을에 들어온 서커스 말고는 달리 설명할 길이 없었다.

베조 할아버지는 부아가 치밀어 그 광경을 볼 수가 없을 정도였다. 그는 침울한 표정을 한 채 회랑으로 물러나 앉아 2주나 지난 신문을 우울하게 읽고 있었다. 아흔 살쯤 되어 보였지만 사실 그는 아직 칠순도 안 되었다.

베조 할머니는 바깥 회랑에 머물렀는데 겉으로는 생각도 없고 사치스러운 사람들을 조롱하고 경멸하는 듯했으나 사실, 이웃들에게 일어난 일을 보며 여성스러운 호기심과 자연스러운 관심에 만족감을 느끼고 있었다.

니네트는 니네트 대로 콩 까는 일에 집중하지 못하고 무슨 일이 일어났으면 하고 속으로 바라고 있었다.

무슨 일이 일어났다. 농장에서 사용하는 커다란 짐마차에 가족들을 태운 줄 페로가 집 문 앞에 멈췄다. 말고삐를 한 아이에게 건네주고 그가 직접 마차에서 내려 니네트와 할머니가 앉아 있는 회랑으로 걸어왔다.

"이게 무슨 일이람! 왜 이러고 있어?" 그가 프랑스어로 소리쳤다. "니네트는 서커스에 안 가? 준비도 안 했네?"

"당치 않은 소리 마요!" 노부인은 안경 너머로 노려보며 소리쳤다. 그녀는 꽥꽥거리며 푸드덕거리는 상처 입은 닭다리를 묶던 중이었다.

"당연하건, 당치 않건, 니네트는 가야지. 나랑 같이 말이오. 돈은 할아버지가 주겠지. 올라타거라, 꼬마야. 얼른 준비해. 서둘러라. 늦겠다." 니네트는 애원하듯 할머니를 바라보았다. 할머니는 이웃인 페로 씨 면전에서 자신의 속마음을 말하는 게 창피해 아무 말도 못하고 서 있었다. 할머니는 페로 씨를 조금 두려워했다. 니네트는 할머니의 침묵을 찬성의 표시로 받아들이고 서커스에 갈 준비를 하러 집 안으로 뛰어 들어갔다.

그녀가 밖으로 나온 순간, 참으로 놀라운 일이 벌어졌다! 할아버지가 주머니에서 지갑을 꺼내고 있었다. 그는 무슨 중요한 장기를 들어내기라도 하듯 섬뜩하게 일그러진 얼굴로 천천히 고통스러운 표정을 지으며 지갑을 꺼내고 있었다. 페로 씨가 대체 무슨 말을 했던 것일까! 그가 한 말들은 확실히 설득력이 있었다. 니네트는 초조하게 신발 끈을 묶고, 얼굴에 분을 바르고, 체크무늬 드레스의 후크를 채우고, 밤새 서리를 맞았는지 모자에 달린 장미꽃들이 모두 시들어버린 납작한 밀짚모자를 머리에 잘 맞춰 쓰면서 좀 전에 그들이 나누던 장황한 이야기를 모두 들었다. 당당하게 왕좌에 앉은 어떤 위대한 여왕도 커다란 마차에 올라 페로 씨 가족들 사이에 자리 잡고 앉은 니네트의 표정보다 더 환하고 즐거운 표정을 지을 수는 없었을 것이다. 그녀는 페로 부인에게서 얼른 아기를 받아 안으며 더할 나위 없이 행복해했다.

마차가 덜컹거리면 덜컹거릴수록, 튕기면 튕길수록, 꿈만 같은 그 상황은 더욱 실감나는 현실로 다가왔다. 그들은 발목까지 흙먼지가 폴폴 올라오는 길을 걸어가던 까망이네 가족들을 지나가게 되었다. 그 아이는 주름 장식으로 부풀린 분홍색 드레스를 입고 초록색 양산을 들긴 했지만 맨발로 걷고 있었다. 니네트에게는 은근히 통쾌한 모습이었다. 까망이의 어머니는 목선과 어깨를 살짝 드러낸 드레스

차림이었고, 아버지는 두꺼운 겨울 코트를 입고 있었다. 하지만 조는 이날을 위해 차근차근 준비해두었던 케이크워크* 댄스복을 입고 있었다. 자욱한 흙먼지 속에 까망이 가족들을 뒤로하고 지나쳐 갈 때 니네트에게는 우쭐한 우월감이 가득 밀려왔다.

마을 바로 외곽에 자리 잡은 서커스장에 도착한 뒤에도 니네트는 계속 아기를 안고 다녔다. 그녀는 할 수만 있다면 아기 셋도 기꺼이 안고 다닐 수 있었을 것이다. 아기는 손풍금 반주에 맞춰 빙빙 돌아가는 회전목마를 신기해하며 종알거렸다. 아! 그녀에게 돈이 더 있었더라면! 저 날아다니는 말을 타고 빙글빙글 돌며 황홀한 기쁨을 맛보았을 텐데!

서커스 공연 외에 다른 볼거리들도 있었다. 그녀는 몸무게가 600파운드나 되는 아가씨와 겨우 50파운드밖에 안 되는 신사도 보고 싶었다. 아프리카 밀림에서 사투 끝에 포획했다는 괴물 같은 짐승도 한번 보고 싶었다. 펄럭이는 캔버스 천에 붉은색과 녹색으로 그려진 그 괴물의 모습은 그녀가 이전에 보고 들었던 그 어떤 것과도 달랐다.

레모네이드는 참을 수 없는 유혹이었다. 팝콘과, 땅콩과, 오렌지도. 하지만 모두 그저 한숨만 지으며 바라볼 수밖에 없었다. 페로 씨는 그들을 곧장 큰 천막으로 데려가 표를 사서 안으로 들어갔다.

서커스장 안으로 들어서자 니네트의 들뜬 가슴이 쿵쾅거렸다. 톱밥 냄새와 동물 냄새가 짙게 밴 공기가 향기로운 내음처럼 그녀의

* 스텝댄스의 일종. ─옮긴이

코끝에 계속 맴돌았다. 그러면 그렇지! 까망이가 말했던 코끼리가 거기 있었다. 육중한 다리에는 쇠사슬이 감긴 채 그 코끼리는 구경꾼들이 주는 작은 음식 부스러기를 받아 먹으려고 긴 코를 연신 뻗고 있었다. 야생동물들은 모두 우리 안에 갇혀 있었고, 눈앞의 낯선 장면에 압도된 관람객들은 엄숙하고 호기심 어린 시선으로 그들을 바라보았다.

니네트는 아기를 품에 안고 있다는 사실을 결코 잊지 않았다. 그녀가 아기에게 뭔가 이야기해주면, 아기는 귀를 쫑긋 세우고 동그란 눈으로 그녀를 빤히 쳐다보았다. 잠시 후 반짝이 장식을 한 기사 복장의 신사들과 깃털 장식이 달린 하늘하늘한 옷을 입은 아가씨들이 아름다운 말을 타고 멋진 포즈를 취하며 무대를 돌자, 그녀는 마치 자신이 그 화려한 가장행렬에 함께 하는 특별한 사람처럼 느껴졌다.

관객들은 모두 관람석에 앉아 있었다. 앞에 앉은 노부인이 니네트의 발이 자신의 등을 찌른다며 짜증스럽게 불평을 해서 니네트는 발을 아래로 늘어뜨리고 있어야 했다. 페로 부인이 아기를 안겠다고 했지만 니네트는 자기가 데리고 있겠다고 고집을 피웠다. 아기는 그녀의 흥분되고 들뜬 감정을 교감할 수 있는 대상이기도 했다. 그녀는 걷잡을 수 없이 감정이 고조될 때마다 아기를 꼭 끌어안았다.

"오! 아기야! 이러다 배꼽 빠지겠어! 어머! 할머니가 저 광경을 보신다면 아마 웃다가 자빠지실 거야." 니네트를 이렇게나 유쾌하게 한 이는 다름 아닌 어릿광대였다. 그녀는 하얗게 분칠한 그의 얼굴만 봐도 몸이 뒤틀리도록 까르르 웃음을 터뜨렸다.

어둠이 몰려오는 것을 아무도 눈치채지 못하다가, 불길한 천둥소리가 들려오자 실망하거나 불안에 휩싸인 사람들이 허둥지둥하기 시작했다. 번갯불이 번쩍하더니 뒤이어 우르릉 쿵 하는 굉음이 들렸다. 서커스 단장이 안장도 없이 말을 타는 곡예사를 향해 채찍을 철썩철썩 휘두르며 "힙-라! 힙-라!"를 외쳐대고, 어릿광대가 물구나무서기를 하고 있는 바로 그때였다. 엄청난 천둥소리가 울리더니 맹렬한 바람이 몰아쳐 중앙 기둥이 사정없이 흔들리다 뚝 부러지고, 거대한 서커스 텐트는 거칠게 몰아치는 바람에 맞서 잔뜩 부풀어 올라 펄럭이며 비명을 질러 댔다.

대혼란이 일어났다. 북새통 속에서 니네트는 무더기로 쌓여 있는 벤치 아래쪽으로 몸을 피하고 있었다. 여전히 아기를 꼭 끌어안고 그녀는 텐트에 난 구멍으로 기어나갔다. 그녀는 쓰러진 텐트에 기대 몸을 움츠린 채 이제 죽었구나 생각했다. 그러는 내내 놀란 아기는 악을 쓰며 울어댔다.

비는 억수같이 퍼부어댔다. 겁먹은 동물들의 울부짖는 소리는 지옥에서 들려오는 소리 같았다. 남자들은 고래고래 고함을 쳤고, 아이들은 비명을 질러대고, 여자들은 히스테리 상태에 빠져버렸고 흑인들은 발작을 일으켰다.

니네트는 무릎을 꿇고 자신과 아기 그리고 모든 사람들이 다치지 않고 무사히 집에 갈 수 있도록 지켜달라고 하느님께 기도했다. 페로 씨가 무너진 텐트에 절반쯤 깔린 그녀와 아기를 찾아냈던 것은 어쩌면 그 기도 덕이었을 것이다.

그녀는 충격에서 벗어나지 못하는 것 같았다. 며칠이 지난 뒤에도 니네트는 말할 수 없이 불행한 마음으로 슬픈 표정을 한 채 돌아다녔다. 종종 눈물범벅이 되기도 했다.

그녀의 상태가 좀처럼 나아질 기미를 보이지 않고 오히려 더 침울해지는 것을 눈치챈 니네트의 할머니가 이유를 다그쳐 물었다. 그녀는 자신의 사악함을 고백하면서 서커스 공연장의 끔찍한 대참사가 자기 탓이라고 털어놓았다.

말이 죽은 것도, 한 노신사의 쇄골이 부러지고, 어떤 부인의 한쪽 팔이 탈구된 것도 모두 그녀의 잘못 때문이었다. 여러 사람들이 발작과 히스테리를 일으키게 한 장본인도 바로 그녀 자신이었다. 모든 것이 다 그녀의 잘못이었다! 사람들 머리 위로 비를 불러온 것도 그녀였으니 그녀가 벌을 받았다는 것이다!

베조 할머니로서는 뭐라 말을 꺼내기가 어렵고 조심스러운 문제였다. 그래서 다음 날 할머니는 신부님을 찾아가 모든 걸 설명하고 니네트와 이야기를 좀 해달라고 부탁했다.

신부가 도착했을 때 니네트는 뽕나무 아래 놓인 테이블에서 감자 껍질을 벗기고 있었다. 신부는 만사를 너무 심각하게 받아들이는 것을 좋아하지 않는 자그마한 체구에 유쾌한 성격의 소유자였다. 그는 짧게 빽빽하게 자란 잔디 위를 걸어가더니 모자를 벗어들고 고개를 숙이며 정중하게 인사를 건네고는 이렇게 말했다.

"대단한 마술사를 눈앞에서 뵙게 되니 몸 둘 바를 모르겠군요! 비 내려라 한마디 하면 비가 내리고, 휘파람 한번 불어 바람을 부르는! 그래, 자, 오늘 오후엔 어떤 날씨를 주실 건지요, 마법사 아가씨?"

그러더니 그는 진지한 태도로 돌변해서는 얼굴을 찌푸리며 몸을 꼿꼿이 펴고 지팡이로 테이블을 툭툭 내리쳤다. "대체 무슨 말도 안 되는 바보 같은 소리를 한 거니? 날 좀 봐라. 나를 좀 보란 말이다!"
그녀는 얼굴을 가리고 있었다. "도대체 네가 누군지 알고 싶구나.
감히 자연을 마음대로 움직일 수 있다고 생각하다니!"

사람들은 그렇게 니네트에게 지나치다 싶을 정도의 애정을 보였
고 그녀는 부끄러웠다. 그때 페로 씨가 건너왔다. 그는 그녀를 제대
로 이해해주었다. 그는 그녀의 할머니, 할아버지를 한쪽으로 데려가
더니 니네트가 제 또래 아이들과는 어울리지 못하고 노인들하고 너
무 오래 지내다 보니 병이 난 것이라고 말해주었다. 그의 말은 두 노
인에게 깊은 인상을 남겼고 설득력도 있었다. 그가 아이의 지적 능
력에 끔찍한 결과가 미칠 수도 있다는 사실을 넌지시 암시하는 통에
노인들은 잔뜩 겁까지 먹었다.

페로 씨가 그들의 마음을 움직인 것은 분명했다. 다음 날 두 사람
모두 니네트가 페로 씨 집에서 열리는 파티에 참석하는 것을 허락한
것을 보면 말이다. 베조 할아버지는 심지어 니네트에게 파티에 입고
갈 적당한 옷이 필요하면 마련해주겠노라는 말까지 했을 정도였다.

아침 산책

아치볼드는 벌써 몇 시간 전에 잠에서 깼다. 아침도 먹었고 지금은 산허리가 깎여 형성된 높은 바위 턱에 불과한 마을 길을 따라 어슬렁어슬렁 아침 산책을 하는 중이었다.

그는 마흔 어름 되었으나 다른 사람들이 더 늙었다고 여겨도 화내지 않았고, 자기 나이에 열 살쯤 더 보태 말해도 결코 바로잡는 법이 없었다. 떡 벌어진 어깨에 키는 크고 등은 꼿꼿했으며, 길쭉한 다리로 성큼성큼 활기차게 걸었다. 머리카락은 숱이 없고 가늘었다. 야외 생활을 많이 한 탓에 얼굴은 강인하고 거칠었으며 두 눈은 가늘고 예리했다. 걸어갈 때면 지팡이로 주변을 툭툭 치면서 자갈돌이며 작은 돌들을 뒤집기도 하고 때로는 길가에 자라는 잡초나 꽃을 뿌리째 뽑기도 했다.

마을은 완만한 산비탈 경사면을 따라 이리저리 뻗어 있었다. 겹겹이 위로 이어지는 한둘 될까 말까 한 마을 길은 구불구불 힘겹게 이어져 여기저기 뚝뚝 떨어져 되는대로 터 잡고 앉은 집 앞까지 바짝 들이대느라 모양도 제각각이었다. 풍파에 시달린 검은색 목조 층계참들이 마을 길을 집집마다 이어주고 있었다. 꽃이 만개한 과일나무들이 푸른 하늘과 회색 바위 비탈을 흐릿한 핑크빛으로 뿌옇게 가리고 있었다. 새들은 산울타리에서 지저귀고 있었다. 비가 내렸다 그쳐 지금은 햇살이 반짝이고 온 사방에 짙은 향기가 가득했다. 그의 얼굴에 부드러운 바람이 날아와 스칠 때마다 향기가 물씬 풍겨 왔다. 몸에 익숙하지 않은 짐이 마음에 들지 않아 버티는 고집 센 짐승처럼 이따금 그는 양어깨를 똑바로 펴고 성마른 몸짓으로 고개를 가로저었다.

그에게 봄이라고 새로울 건 전혀 없었다. 봄의 소리며, 향기며 색은 물론 부드럽게 간지럽히는 봄의 대기까지도. 그러나 무슨 영문인지는 모르겠으나 이 모든 것들이 오늘은 낯설게 다가오고 있었다.

아치볼드가 산책을 나선 것은 이 아름다운 봄날이 그를 유혹해서가 아니었다. 그저 자기 몸이 탈 없이 움직이도록 하는 데 필요한 신선한 산소를 폐로 들여보내기 위해서였다. 그는 실용적인 지식에 확고하게 경도되어 있었다. 그래봐야 이론적인 철학가들 부류에게서 얻은 것을 제외하면 아는 것도 거의 없는 기운에 관한 지식이긴 했지만. 그는 아주 오래전에 이 지구상에 모여든 케케묵은 사람들과 자연의 힘에 관한 곰팡내 나는 책을 즐겨 읽었다. 곤충의 생활을 아주 가까이서 살펴보는 걸 좋아했고, 혹시 꽃이라도 모을 때면 실용적이면서도 무언가 득이 되는 조사를 하려는 목적으로 우아하고 향긋한 꽃의 몸통을 꺾어버리는 게 다반사였다.

하지만 오늘 아침은 참 이상하게도 그에게 꽃의 색이 보이고 향기도 느껴졌다. 나비들도 그의 주변을 한가롭게 날아다니고, 폴짝폴짝 뛰는 메뚜기들도 그를 두려워하지 않았다. 봄날이 그에게 신선하고 유쾌하게 '좋은 아침' 하며 인사를 건네는 동안 대답이라도 하듯 혈관을 타고 흐르는 그의 피가 경쾌하게 뛰었다.

몇 발자국 앞에 분명 저 어두운 땅속 깊은 곳에서 올라왔을 하얀 백합이 탐스러운 무리를 이루며 피어 있었다. 사실 백합꽃들은 저 아래 거리에서 이어진 목재 계단의 가파른 층계참을 따라 피어나고 있었다. 긴 꽃대와 꽃 사이로 한 아가씨의 얼굴이 보였다. 잠시 후 그녀는 숨을 몰아쉬며 길 끝에 다다랐다. 스무 살 무렵의 건강한 아가씨들이 대개 그렇듯 그녀는 예뻤지만 그 순간의 그녀는 놀라울 정도로 아름다웠다. 백합꽃 사이로 비치는 그녀의 얼굴은 장밋빛 새벽에 반짝이는 이슬을 머금고 빛나는 꽃송이 같았다.

"안녕하세요, 아치볼드 씨." 시골 아가씨 특유의 듣기 좋은 경쾌한 고음이었다.

"안녕, 제인, 좋은 아침이야." 그도 평소와는 다르게 친절하게 대답했다.

"아, 저는 제인이 아니에요." 그녀가 웃으며 대답했다. "루시예요. 엘-유-시-와이, 루-시. 지난주에는 저를 계속 동생 아만다로 착각하시더니, 오늘은 사촌 제인이 되었네요. 내일이면 '안녕, 브로켓 부인' 아니면 '안녕하쇼, 볼 할멈!' 그러실 것 같은데요."

말귀가 좀 더 트인 사람이었다면 아가씨의 대담한 말투에 배어 있는 속상한 기색을 눈치채고도 남았을 것이다. 그는 눈썰미 없는 자신이 좀 당황스러워 얼굴이 화끈거렸다. 어제였다면 그저 짐짓 태연하게 미소를 짓고 다음에 만났을 때는 "아멜리아"라고 불렀을 것이다.

'그래,' 함께 길을 걸어 내려오며 그녀는 생각했다. '내가 돌멩이나 잡초였다면 아니면 보기 흉한 늙은 딱정벌레나 뭐 그런 거였다면 그는 내 이름을 똑똑히 알고 있었을 거야.' 그녀는 그가 자기 조카들과 함께 거의 매일 어울려 놀며 자라는 것을 봐온 여자아이들 가운데 한 명이었다. 그런 아이들과 어울리는 것은 생각할 수 없는 일이었다. 세심한 직관과 집중력이 있는 사내라면 모습만 보고도 한 사람 한 사람을 구분하거나 그 자리에서 이름까지도 부를 수 있도록 '여자아이들' 무리를 구분하는 나름의 방법을 정해두었을 테지만 그는 그러지 않았고, 지금 그 사실이 후회스러웠다. 그러나 지금 봄의 요정처럼 백합꽃을 들고 그에게 아침 인사를 한 아이가 루시였다는 것은 그 자신도 쉽게 잊지 않으리라는 사실은 분명하게 느껴졌다.

"꽃은 내가 들어줄게." 그가 제안했다. 뒤늦은 정중함을 발휘하고 싶어서가 아니었다. 그저 꽃다발을 다루는 법은 그가 훨씬 더 잘 알고 있는 데다 커다란 밀랍 같은 꽃잎들이 끌리고 쓸려 상처 나는 것을 보는 게 고통스러웠기 때문이었다. 진하게 파고드는 꽃향기는 아치볼드의 머리로 스며들어 공상과 환상을 불러일으키는 묘한 마취제 같았다. 그는 아가씨의 얼굴을 빤히 내려다봤다. 부드러운 곡선 모양의 입술이 그가 베어 먹었던 복숭아를, 한때 맛본 적이 있던 포도를, 그리고 이따금 포도주를 따라 홀짝이던 컵의 테두리를 닮았다.

두 사람은 풀이 무성한 비탈길을 함께 걸어 내려왔다. 그러는 내 내 아가씨는 재잘재잘 무슨 말을 했고 아치볼드는 거의 말이 없었다. 루시는 교회 가는 길이었다. 부활절 아침이라 둘이 함께 걸어가는 동안 교회의 종소리가 그들에게 끊임없이 댕그랑댕그랑 들려왔다. 교회의 현관문 앞에서 그녀가 그에게서 꽃다발을 넘겨받았다. 하지만 그 뒤에도 그녀의 예상과는 달리 아치볼드는 그곳을 떠나지 않았다. 그는 루시를 따라 교회 안으로 들어갔다. 이유를 알 수 없었지만 자신이 왜 그랬는지 따져볼 생각도 하지 않았다. 그녀가 백합꽃을 성당지기 소년에게 넘겨주고 신도들 옆에 자리를 잡고 앉자, 그때까지 꼼짝 않고 서서 기다리던 아치볼드도 그녀 옆에 자리를 잡았다. 그는 경건한 태도를 보이지도 않았고, 짐짓 신앙심을 드러내듯 고개를 숙이지도 않았다. 그가 거기 있다는 것 자체가 훨씬 더 경이로운 일이어서 신도들 사이에 이런저런 추측들을 담은 눈짓과 속삭임이 오갔다. 아치볼드는 그런 사실을 전혀 알아채지 못했지만, 설령 알아차렸다 해도 전혀 신경 쓰지 않았을 것이다.

날은 따뜻했고 스테인드글라스 창문들 가운데 몇은 열려 있었다. 햇살이 쏟아져 들어오고 산들산들 흔들리는 나뭇잎의 그림자가 그의 시선이 향하고 있는 창틀 위에서 춤추고, 나뭇가지에서는 새들이 지저귀고 있었다.

기도하는 동안 그는 주의를 기울이지 못했고, 찬송가에도 전혀 귀를 기울이지 않았다. 하지만 신부가 신도들에게 설교를 할 때가 되자 아치볼드는 무슨 말을 할까 궁금했다. 신부는 한동안 진지한 눈길로 천천히 신도들을 쭉 훑어보다가 엄숙하고 감동적인 느낌을 가득 담아 말했다. "나는 부활이요 생명이라."

다시 한동안 침묵이 이어졌다. 그러더니 머리를 들어 좀 더 큰 목소리로 전보다 더 또렷하게 말했다. "나는 부활이요 생명이라."

이것은 바로 그에게 전하는 말씀이었다. 예전에 그 성경 구절을 들은 적이 있었던 아치볼드의 귀에 다시 그 말씀이 들려왔다. 그 구절은 아치볼드의 양심에 파고들어 자리를 잡고 머물렀다. 그가 그 말씀을 자신의 영혼으로 받아들일 때 삶의 비전이 함께 다가왔다. 시인들이 깨닫게 되는 영혼과 육체의 삶에 대한 비전, 하나 되어 고동치면서 완전히 조화로운 존재의 숨결을 풍기는 그 비전이.

그는 신부의 말을 더 이상 듣지 않았다. 그는 나뭇잎의 그림자가 춤추고 새들의 노랫소리가 들려오는 창을 응시하면서, 자기 내면으로 침잠해 들어가 자기 영혼의 목소리로 스스로에게 설교하고 있었다.

사빈에서

한쪽 귀퉁이에 흙 굴뚝이 달린 누추한 통나무집일 뿐이었지만 사람 사는 집을 보자 그레구아는 몹시 기뻤다.

그는 내커터시를 벗어나 텍사스 주도로를 따라가지 않고 광활하고 쓸쓸한 사빈 지역의 넘실대는 소나무 숲길을 마음 내키는 대로 에두르며 사빈강을 향해 가던 중이었다.

숲속 빈터에 동그마니 서 있는 오두막에 다가가자 작은 소나무 울타리 뒤에서 장작을 패고 있는 늙은 흑인이 보였다.

"안녕하쇼, 노인장." 말고삐를 죄며 젊은이가 소리쳤다. 그 흑인은 예기치 못한 사람의 출현에 화들짝 놀라며 고개를 들었지만 "안녕하슈, 나으리." 짧은 대답과 함께 공손하게 머리만 몇 번 조아렸다.

"여기 사는 이가 뉘신지?"

"그야 버드 에이켄 씨입죠."

"버드 에이켄 씨가 장작 팰 흑인을 부릴 여유가 있다면 나한테 간단한 요깃거리하고 두어 시간쯤 집에서 쉬게 해주는 건 마다하지 않겠소그려. 어떠쇼, 노인장?"

"에이켄 씨가 장작을 패라고 날 고용한 건 아닙지요. 내가 이걸 안하면 그분 부인이 해야 됩지요. 해서 내가 이러고 있는 게지요, 나으리. 쭉 들어가시면, 저 어디쯤 버드 나리가 보일 겝니다. 곤드레가되어 잠들어 있지 않다면 말입지요."

그레구아는 발이라도 뻗을 수 있게 된 것이 다행스러워 말에서 내려 오두막을 빙 둘러싼 작은 울타리 쪽으로 말을 끌고 갔다. 사납게생긴 데다 갈기까지 헝클어진 작은 텍사스산 조랑말이 까칠한 그루터기 풀을 뜯다 말고 그와 윤기 나는 그의 말을 암상궂게 째려보았다. 오두막 뒤에는 소나무 숲을 배경으로 잡초가 들쑥날쑥 돋은 자그마한 목화밭이 보였다.

그레구아는 작달막한 키에 떡 벌어진 건장한 체구의 사내여서 옷이 딱 들어맞아 편해 보였다. 푸른색 셔츠에 코르덴 바지는 장화 속으로 집어넣고, 외투는 말안장에 가로질러 걸쳐놓았다. 날카로운 검은 눈에 묘한 인상을 풍기며, 뭔가 생각에 잠긴 듯 윗입술을 살짝 덮고 있는 갈색 콧수염을 쓰다듬었다.

그는 버드 에이켄이라는 이름을 언제 어디서 들어본 적이 있었나곰곰이 생각해보았다. 하지만 버드 에이켄 자신이 고민거리를 덜어주었다. 작은 문으로 그가 불쑥 모습을 드러냈는데 덩치가 문을 꽉채울 만큼 컸다. 그레구아는 그를 기억해냈다. 에이켄은 소위 '악명높은 텍사스인'이었다. 1년 전 저 멀리 내커터시군의 피에르 바이우에 사는 바티스테 슈피크의 어여쁜 딸, 티테 렌을 데리고 달아나 결혼까지 한 바로 그 인물! 기억에도 생생한 그녀 모습이 떠올랐다. 단정하고 균형 잡힌 몸매, 생기 넘치는 검고 요염한 눈을 한 매력적인 얼굴과 그녀에게 '티테 렌'*이라는 별명을 부여한 작고 까탈스러우면서도 도도한 태도. 그레구아는 벼르고 별러 가끔 참석했던 아카디아인들의 무도회에서 그녀를 알고 지냈던 적이 있었다.

티테 렌에 대한 즐거운 추억이 떠올라 조금 편안해진 그레구아는 자칫 무덤덤할 뻔했던 태도를 바꾸어 진심 어린 마음으로 그녀의 남편에게 인사를 하며 악수를 청했다. "에이켄 씨, 잘 지내시죠?"

"내 형편이 썩 좋지 않다는 건 댁도 알 게요. 굳이 말하자면 뭐, 나보다는 댁이 형편이 나을 게요."

에이켄은 큰 몸집에 잘 생긴 맹수 같은 사내였다. 볏짚 색의 '편자' 형 수염이 온 입을 다 가리고 며칠이나 깎지 않아 덥수룩한 수염이 억센 얼굴에 삐죽 솟아 있었다. 그는 여자들이 자기를 따라다니는 통에 인생을 망쳤다고 떠들어대기를 좋아했지만 '파이크 매그놀리아'를 비롯한 다른 술들이 처음부터 지속적으로 자신에게 영향을 미쳤다는 사실은 깡그리 잊고, 누가 부추기지 않더라도 평범한 삶을 절단내 망쳐 버리는 타고난 자신의 성향일랑 아예 모르쇠 하고 있었다. 그레구아가 오기 전에 내내 누워 있었던 그는 아직 잠도 덜 깬 듯 후줄근한 모습이었다.

"뭐, 굳이 말하자면, 댁이 나보다 나은 것 같은데, 뉘신지?"

*　어린 여왕. ─옮긴이

"상티엔, 그레구아 상티엔입니다. 기쁘게도 당신 부인을 제가 알고 있답니다. 게다가 전에 에이켄 씨를 만난 적도 있는 것 같고. 어, 어딘지는 뭐 정확히 기억이 없습니다만." 그레구아가 얼버무렸다.

"아, 그 붉은 산천강에 살던!" 에이켄이 정신을 차리며 느릿느릿 말했다. 상티엔 출신 청년을 만나게 되었다는 생각에 그의 얼굴이 환하게 밝아졌다.

"모티머!" 군대 지휘관이라도 되는 양 가슴속에서 울려 나오는 우렁찬 소리로 그가 모티머를 불렀다. 모티머는 도끼를 내려놓고 그들이 나누는 대화를 듣고 있는 것 같았지만 두 사람의 말을 알아차리기엔 거리가 너무 멀었다.

"모티머, 이리 와서 내 친구 산천 씨 말 좀 데려가. 저짝으로 끌고 가라고, 저짝으로!" 그리고는 오두막 입구 쪽을 향해 몸을 틀더니 열린 문을 향해 고함을 쳤다.

"레인!" 티테 렌을 부르는 그만의 방식이었다.

"레인!" 재차 단호하게 소리쳐 부르더니 그레구아를 향해서 "집안일을 좀 하고 있는 모양이오." 했다. 티테 렌은 뒤켠에서 한 마리뿐인 돼지에게 먹이를 주고 있었다. 며칠 전 에이켄이 몰고 온 것이었다. 매니에서 샀다고 말했지만 알 수 없는 일이었다.

그녀가 다가오며 크게 대답하는 소리가 들렸다. "가요, 여보. 여기 왔어요. 왜 그래요, 버드?" 문가에 모습을 드러낸 그녀가 두 사내가 서 있는 비좁고 가파른 난간 쪽을 보며 가쁜 숨을 몰아쉬었다. 그레구아가 보기에 그녀는 많이도 변한 것 같았다. 부쩍 더 야윈 그녀는 두 사내를 보자 불안하고 경계하는 표정으로 눈이 휘둥그레졌다. 그레구아는 예상치 못한 자신의 출현 때문에 저리 놀라는 것이겠거니 했다. 그녀는 손으로 짠 깔끔한 옷을 입고 있었다. 피에르 바이우에서 가져왔던 바로 그 옷이었다. 하지만 신발은 다 찢겨나가 누더기처럼 보였다. 그레구아를 보자 그녀는 터져 나오는 비명을 억누르듯 그저 나지막하게 신음소리만 내뱉었다.

"내 친구 산천 씨에게 할 말이 그게 다야? 케이준들이란……, 백인을 보고도 제대로 대할 줄을 모른다니까." 에이켄이 사과하듯 그레구아에게 말했다. 그레구아가 그녀의 손을 맞잡았다.

"당신을 만나게 되어 정말 기쁘군요, 티테 렌." 그레구아가 진심을 담아 말했다. 무슨 까닭에서인지 그녀는 말문이 턱 막힌 듯하더니 숨을 헐떡이며 다소 흥분한 목소리로 대꾸했다.

"미안합니다, 그레구아 씨. 당신이 저기 서 있을 때는 사실 첫눈에 알아보지 못했어요." 그녀의 얼굴에 어렸던 창백한 기색이 사라지고 짙은 홍조가 드러나며 눈에는 숨길 수 없는 흥분으로 눈물까지 어른거렸다.

"저는 당신이 저 멀리 그랜트에 산다고 생각했는데요." 너무도 눈에 띄게 당황스러워하는 렌에게서 에이켄의 관심을 돌릴 요량으로 그레구아가 무심한 듯 말했다. 그녀가 왜 그리 당황하는지 그레구아 자신도 이해할 수 없기는 마찬가지였다.

"아, 그랬지요. 꽤 오랫동안 그랜트에 살았지요. 하지만 그곳은 살만한 곳이 못 됐어요. 그래서 한동안 윈과 케도에 정착하려 애써보았지만 뭐 더 나을 것도 없더라고요. 하지만, 진짜, 망할 사빈이 최악이지요. 위스키 한잔 마실래도 군을 벗어나거나 저 건너 텍사스까지 가지 않으면 안 되니 말이오. 그래서 다 처분하고 버논에서 살기로 작정했지요."

하지만 에이켄의 살림이라는 게 뻔해서 그의 생각대로 '처분'한다 한들 값나갈 것도 없는 게 분명해 보였다. 방 하나가 전부인 집에 가구라고 할 만한 것도 거의 없었다. 싸구려 침대 하나, 소나무 탁자 하나, 의자 몇, 그게 다였다. 조잡한 선반에 종이 꾸러미가 조금 얹혀 있는 것이 식료품 창고 구실을 했다. 오두막집 통나무 사이 처발라놓은 진흙은 여기저기 떨어지고 없었다. 커다랗게 벌어진 그 구멍 틈에 다 해진 천 조각들과 목화 풀들을 쑤셔 넣어 막아놓았다. 욕실 구실을 하는 것이라고는 베란다 옆에 있는 작은 양철 대야 하나가 고작이었다. 이런 엉망인 상황에도 불구하고 그레구아는 에이켄에게 이곳에서 밤을 나고 싶다는 뜻을 밝혔다.

"에이켄 씨, 오늘 밤 여기 댁 베란다에서 하룻밤 보낼 수 있을까 청하려고 합니다만. 제 말도 좋은 상태가 아니라서요. 하룻밤 정도 쉬고 나면 말이나 저나 좀 덜 힘들 것 같기도 하고요." 사실 그는 사빈을 지나가려 한다는 생각을 드러낼 요량으로 말을 꺼냈지만, 티테렌의 시선에서 간절하게 애원하는 기미를 눈치채고 입을 닫았다. 그렇게 가슴 아프게 애원하는 여인의 표정은 처음이었다. 그 순간 그레구아는 텍사스 땅을 밟기 전에 그 시선의 의미를 알아내고야 말겠다고 마음먹었다. 그는 여인의 시선에 담긴 간절한 표현을 외면할 만큼 모진 사내가 못 되었다.

렌이 베란다에 펴준 두 겹으로 접은 낡은 누더기 누비천과 모스천 베개가 잠자리 구실을 했는데, 사실 누추한 한뎃잠을 자는 데 익숙한 젊은이에게는 그다지 불편한 것은 아니었다.

그레구아는 대충 마련된 잠자리에 들자마자 곧바로 곤하게 잠이 들었다. 자정이 되었을까, 누군가 조심스럽게 흔드는 기척에 그는 잠이 깼다. 티테 렌이 그의 얼굴을 빤히 내려다보고 있었다. 달빛이 환해서 그녀의 얼굴이 또렷하게 보였다. 그녀는 맨발에 낮에 입고 있던 옷을 그대로 걸치고 있었다. 놀랍도록 작고 하얀 발이었다. 놀라서 눈이 휘둥그레진 그가 팔꿈치로 버티며 일어났다.

"아니, 티테 렌! 무슨 일이오? 당신 남편은 어디 있고요?"

"글쎄, 집이라도 무너져 내려야 깨겠지요. 잠들면 세상몰라요. 곤드레가 되어 자고 있으니." 그렇게 그레구아를 깨운 그녀는 아이처럼 팔로 얼굴을 감싸고 조용히 흐느끼기 시작했다. 그가 황급히 일어섰다.

"이런, 티테 렌! 무슨 일이요? 어서 말해봐요, 왜 그러는지."

아버지 곁에서 마음대로 휘두르고 살았던 당당한 티테 렌의 모습은 더 이상 찾아볼 수 없었다.

그레구아는 여인들을 사랑했다. 여인들의 친근함, 분위기, 나긋나긋한 목소리며 그들이 말하는 것들, 이리저리 움직이며 돌아다니는 자태, 옆을 지나갈 때 스치는 옷깃, 이 모든 것들이 그를 기쁘게 했다. 그는 지금 한 여인으로부터 받았던 상처를 잊으려 달아나는 중이었다. 견딜 수 없는 고통이 엄습해 올 때면 그레구아는 사빈강을 건너 텍사스로 들어가 사라지고 싶은 이상한 열망에 사로잡혔다. 상티엔에 있던 자신의 옛집이 빚쟁이들의 손에 넘어갔을 때도 한 번 그런 적이 있었다. 그런 그였으니 티테 렌이 고통스러워하는 모습을 보자 마음이 아팠다.

"무슨 일이죠, 티테 렌? 말해봐요." 그가 연거푸 캐물었다. 그녀가 거친 소매를 들어 눈가로 가져갔다. 그가 뒷주머니에서 손수건을 꺼내 그녀의 눈물을 닦아주었다.

"거긴 다들 잘 있나요?" 머뭇거리며 그녀가 물었다.

"우리 아빠는, 엄마는, 아이들은요?"

그레구아가 바티스테 슈피크 가족에 대해 뭘 알겠는가. 차라리 옆에 서 있는 기둥한테 물어보는 게 더 나을 것이다. 그럼에도 불구하고 그는 이렇게 대답했다.

"다들 잘 있어요, 티테 렌. 하지만 모두들 당신을 몹시 그리워한답니다."

"아빠는 올해 수확은 많이 했나요?"

"피에르 바이우에서 꽤 많은 면화를 수확했지요."

"철도역으로 운반은 했나요?"

"아니요, 아직 수확을 다 끝내진 못했답니다."

"'프티 걸'은 안 팔았겠지요?" 그녀가 걱정스러운 듯 물었다.

"글쎄요, 안 팔았을 겁니다! 당신 아버님이 그 근처에서는 '프티 걸'과 바꿀 만한 말은 없다고 말씀하시곤 했거든요."

그러자 그녀가 이상하다는 듯 언뜻 놀란 표정을 하고 그를 바라보았다.

"'프티 걸'은 암소였는데요!"

음산한 가을밤, 검은 숲은 그들에게 더 바짝 다가선 것 같았다. 어두운 숲속 깊은 곳은 밤이면 남부의 숲에 깃드는 섬뜩한 소음들로 가득했다.

"가끔 이곳이 무섭진 않나요, 티테 렌?"

기괴한 밤의 광경에 가벼운 전율을 느끼며 그가 물었다.

"아뇨," 그녀가 즉각 대답했다. "난 버드 말고는 무서운 게 없어요."

"그가 당신을 못살게 구는군요? 그럴 줄 알았지!"

"그레구아 씨." 그녀가 곁으로 바짝 다가서더니 코앞에서 속삭였다. "버드가 절 죽이려고 해요." 그녀의 팔을 잡고 가까이 끌어당기며 그는 자신도 모르게 깊은 연민의 말을 중얼거렸다. "엉클 모티머 외에는 아무도 몰라요." 그녀는 말을 멈추지 않았다.

"사실, 그는 내게 폭력을 휘두른답니다. 보면 알겠지만 등이며 팔, 온통 멍자국 천지예요. 엉클 모티머가 도끼를 휘두르며 그 사람을 쫓아버리지 않으면 언제고 술에 취한 그 사람이 날 목 졸라 죽이고 말 거예요."

그레구아는 어깨 너머로 그 사내가 잠들어 있는 방을 흘긋 바라보았다. 그 방으로 가서 버드 에이켄의 머리통을 날려버리는 게 정말 죄가 되기나 할까 잠깐 생각했다. 자신은 죄라고 생각하지 않을 것이지만 다른 사람들이 어찌 생각할지는 확신이 없었다.

"당신을 깨운 이유가 그 말을 하고 싶어서였어요." 그녀는 계속 말을 이어갔다.

"때로는 정말 미치광이처럼 저를 괴롭혀요. 나한테 자기와 나를 결혼시켜준 사람은 목사가 아니라 텍사스 출신 떠돌이 장사꾼이라고 말해요. 그게 무슨 말이냐고 물으면 '아니야, 그 작자는 침례교

대주교야' 라면서 또 저를 놀려요. 이제는 어떤 말이 진실인지도 도통 모르겠어요!"

그녀는 또 자그맣고 못된 야생마 '버키'가 여자는 태우려 하지 않는다는 것을 이미 알고 있었으면서도 그녀를 기어이 그 말에 오르도록 부추겨놓고는 겁에 질린 그녀가 땅에 나동그라져 고통스러워하는 모습을 보고 얼마나 재미있어했었던가도 이야기했다.

"제가 읽고 쓸 줄만 알고, 종이와 연필만 있다면 아빠한테 벌써 알렸을 거예요. 하지만 여긴 우체국이고 철도고 아무것도 없어요. 여기 사빈에는 아무것도 없어요. 게다가 그레구아 씨, 버드는 저를 저 건너 베르농으로, 아니 그보다도 더 멀리 데려가서 떨궈놓을 거래요. 아, 저를 여기 버려두지 마세요, 그레구아 씨. 저를 여기 두고 가지 마세요!" 그녀가 다시 한번 흐느끼며 애원했다.

"티테 렌." 그가 대답했다. "내가 당신을 이런 곳에 두고 떠날 만큼 비열한 놈이라 생각해요, 그런 ……과 함께?" 그는 마지막 말은 마음속으로만 삼켰다. 티테 렌의 귀에 들기 거북한 말을 하고 싶지는 않았다.

그들은 그 후로도 한참이나 이야기를 나누었다. 그녀는 남편이 잠들어 있는 방으로 가고 싶지 않았다. 친구 같은 사람 곁에 있으니 마음속 불안감은 잊을 수 있을 만큼 대담해졌다. 좀 쉬라는 그레구아의 청에 따라 그레구아의 잠자리에 누운 그녀는 곧바로 깊은 잠에 빠져들었다. 자신이 가져다 펴준 누비이불 속에서.

그는 회랑의 가장자리에 앉아 페리큐 잎담배를 직접 말아 피우기 시작했다. 안으로 들어가 버드 에이켄의 침대를 같이 쓸 수도 있었지만, 티테 렌의 곁에 머무르는 게 더 좋았다. 그는 집 주위를 어슬 렁거리며 이슬에 젖은 풀을 뜯고 있는 두 마리 말을 지켜보았다.

그레구아는 줄곧 담배를 피웠다. 달이 소나무 숲 뒤로 지면서 길고 짙은 그림자가 감싸올 때가 되어서야 그는 담뱃불을 껐다. 옅은 담배 연기마저 멈추자 그는 담배를 멀찍이 던져버렸다. 졸음이 무겁게 짓눌러왔다. 그는 회랑의 거친 맨바닥에 몸을 쭉 뻗은 채 누워 동틀 때까지 잠을 잤다.

그레구아가 하룻밤 더 자기 집에서 보내겠다고 한 것을 알고 버드 에이켄은 진심으로 좋아했다. 그는 이미 이 크리올 젊은이의 성품이 어느 정도 자기와 맞는 구석이 있다는 걸 알아챘다.

티테 렌이 아침 식사를 준비했다. 커피도 만들었다. 물론 커피에 탈 우유는 없었으나 설탕은 있었다. 방 안 한 귀퉁이에 놓여 있는 포대에서 옥수수 가루 한 컵을 꺼내 옥수수빵 한 덩이를 만들었다. 소금에 절인 돼지고기도 구웠다. 그러고 나자 버드는 모티머와 함께 목화를 따라며 그녀를 밭으로 내보냈다. 모티머의 오두막은 그들 집 맞은편에 있었으나 거리상으로는 꽤 멀리 떨어진 데다 숲에 가려 보이지 않았다. 그와 에이켄은 공동으로 농사를 짓고 있었다.

아침 일찍 버드가 선반 위 설탕 꾸러미 뒤에서 때 묻은 카드 한 벌을 꺼내 보였다. 그레구아는 그 카드를 불 속에 던져버리고는 자기의 말안장 주머니에서 티끌 하나 없이 깨끗한 새 카드를 한 벌 가져왔다. 같이 가져온 위스키 한 병을 집주인에게 선물이라고 내밀면서 클라우티어빌에서 사람들의 웃음거리가 된 그저께 이후 '금주 선언'을 한 터라 자기한테 더는 필요 없게 됐다는 말도 덧붙였다.

그들은 소나무 탁자에 앉아 담배를 피우며 아침 내내 카드놀이를 하다가 티테 렌이 밭에서 나와 점심으로 준비한 검보필레*를 내오자 그때서야 멈추었다. 모티머 아저씨가 기회 닿을 때마다 그녀에게 주곤 했던 닭이 대여섯 마리 있어서 손님에게 검보 수프쯤 대접할 정도는 되었다. 스푼이 두 개 밖에 없어서 티테 렌은 두 남자가 식사를 마칠 때까지 기다려야만 했다. 남편이 먼저 식사를 끝냈지만, 그녀는 굳이 그레구아의 숟가락을 받으려고 기다렸다. 어린애 같은 유치한 변덕이었다.

오후에 그녀는 또 목화를 땄고 두 남자는 담배를 피우며 카드놀이를 했다. 버드는 술도 마셨다.

버드 에이켄이 마음껏 즐거워한 지도, 또 자신의 파란만장한 이야기를 그렇게 공감하며 들어주는 사람을 만나본 지도 아주 오래되었다. 그는 티테 렌이 진짜 '재미난 일'은 전혀 못 한다고 불평하는 모습을 아주 그럴싸하게 흉내까지 내면서 해보이고는 자기가 친절하게 말타기를 권했던 일과 티테 렌이 말에서 떨어졌던 이야기를 자랑스럽게 읊어댔다. 그레구아가 무척 즐거워하자 에이켄은 신이 나서 비슷한 이야기들을 더 늘어놓았다. 그렇게 그날 오후 시간이 흘러갈수록 두 사람 사이에 형식적인 호칭은 사라지고 둘은 '버드', '그레구아'라는 식으로 이름만 부르게 되었다. 게다가 그레구아는 일주일 더 그와 함께 지내겠다고 약속까지 해서 에이켄을 더 기분 좋게 해

---

* 오크라(Okra)라는 아욱과의 채소를 넣은 일종의 수프. 오크라는 수프를 걸쭉하게 하는 채소로 크리올식 요리에 주로 사용된다. ─옮긴이

주었다. 티테 렌 역시 그런 허물없는 분위기에 마음이 들떠 저녁식사 거리로 닭 두 마리를 베이컨 기름에 맛있게 구워냈다. 저녁식사가 끝나자 그녀는 다시 그레구아의 잠자리를 봐주었다.

아름답고 고즈넉한 밤이 찾아왔다. 향긋한 소나무 내음이 대기를 타고 내려앉았다. 하지만 세 사람은 그 분위기를 즐기지 못했다. 아홉 시가 채 되기도 전에 이미 인사불성이 되도록 취해 잠이 든 에이켄은 그레구아가 선물로 권한 위스키 덕에 밤새도록 평소보다 더 깊이 곯아떨어졌다.

그가 일어났을 때 해는 이미 중천에 떠 있었다. 난로 위에 커피 주전자가 없는 것도 이상하고, "가요, 버드. 여기 있어요."라고 바로 대답하던 그녀의 목소리도 들리지 않자 더욱 이상한 느낌이 들었다. 그는 목청 높여 황급히 티테 렌을 찾았다. 몇 번이고 되풀이해서 그녀를 부르고 또 불렀다. 밭에서 목화를 따고 있는가 싶어 뒷문 사이로 내다보았지만, 그곳에도 그녀는 없었다. 앞쪽 출입구로 가보았다. 그레구아의 잠자리는 아직 회랑에 그대로 있었지만 그 젊은 친구는 어디에도 보이지 않았다.

모티머가 마당으로 들어왔다. 이번에는 나무를 패기 위해 온 것이 아니라 자기 도끼를 가지러 온 것이었다. 그가 도끼를 어깨 위로 들어 올렸다.

"모티머, 내 마누라는 어디 있나?" 에이켄이 그 흑인 쪽으로 가며 소리쳤다. 모티머는 말없이 서서 그를 기다렸다. "내 마누라와 그 프랑스인이 어디 있냔 말이야? 어서 말해, 구덩이에 처넣어버리기 전에."

모티머는 버드 에이켄을 두려워한 적이 없었다. 게다가 믿음직한 도끼까지 지니고 있는 마당에 에이켄 앞에서 배짱이 갑절로 두둑해지는 느낌이 들지 않을 까닭도 없었다. 노인은 마치 해야 할 말들을 미리 음미라도 하듯 마디 굵은 검은 손등을 입술 위로 가져갔다. 그는 신중하고 조심스럽게 입을 열었다.

"제 생각엔 렌 아씨가 한밤중에 산천 나리의 말을 타고 내커터시로 떠난 것 같습니다요." 에이켄이 성질을 내며 끔찍한 욕설을 내뱉었다. "버카이한테 안장이나 채워놔! 스물 셀 때까지 안 하면 네 놈의 그 검은 가죽을 몽땅 벗겨버리겠어. 서둘러, 어서! 세상 어떤 네발짐승이라도 버카이가 따라잡지 못할 건 없어." 모티머가 알 수 없는 묘한 표정을 띤 채 머리를 긁적이며 대답했다.

"옙, 버드 나리. 그런데요, 아시다시피 산천 나리는 동도 트기 전에 이미 버카이를 타고 사빈을 지나갔을 겝니다요."

그녀의 편지

1

그녀는 방해받고 싶지 않다고 단단히 일러놓고 방문을 닫아걸었다. 집은 아주 고요했다. 검은 구름 사이로 희미한 빛도 틈도 희망도 보이지 않는 납빛 하늘에서는 비가 하염없이 내리고 있었다. 커다란 벽난로에서 활활 타오르는 장작불이 호사스러운 방을 구석구석 환하게 밝혀주고 있었다.

여자는 구석진 곳에 놓인 책상에서 굵고 질긴 끈으로 단단히 묶인 두툼한 편지 꾸러미를 들고 와 방 한가운데 있는 테이블에 놓았다.

지금 하려는 일을 두고 그녀는 몇 주 동안이나 고심하고 또 고심해왔다. 길고 예민해 보이는 가녀린 그녀의 얼굴에는 확고한 신중함이 보였고, 길고 섬세한 두 손에는 정맥이 파랗게 비쳤다.

그녀는 가위로 편지를 묶은 끈을 잘랐다. 제일 위에 있던 편지들부터 테이블로 쏟아져 내렸다. 그녀가 재빨리 손을 움직여 편지를 이리저리 흩트리고 뒤집어 이내 그 넓은 테이블이 편지로 뒤덮였다.

크기도 모양도 제각각인 편지 봉투들이 그녀 앞에 놓여 있었는데, 모두 한 남자와 한 여자의 필체로 쓰인 것들이었다. 어느 날 편지가 드러나지나 않을까 하는 두려운 마음에 그녀가 돌려달라고 요청하자 남자는 그녀가 보냈던 편지 전부를 돌려보냈다. 그녀는 두 사람의 편지를 모두 없앨 작정이었다. 그게 4년 전 일이다. 그 이후 그녀는 이 편지들에 의지해 살아왔다. 이 편지들이 그녀를 지탱해주고 그녀의 영혼이 완전히 소진되는 것을 막아주었다고 그녀는 믿었다.

하지만 위험이 닥칠 것 같은 예감을 더는 무시할 수 없는 때가 되었다. 그녀는 몇 달이 지나지 않아 보물처럼 아끼는 이 편지들을 무방비상태로 두고 떠나야만 한다는 사실을 직감했다. 이 편지가 다른 사람들, 무엇보다 이제까지 그가 보여준 애정과 헌신으로 인해 그녀에게 어떤 면에서는 소중했던 그녀 가까이 있는 사람에게 고통과 괴로움을 주는 것을 피하고 싶었다.

그녀는 차분하게 편지 더미에서 아무 편지나 한 통을 집어 들어 활활 타오르는 불 속으로 던져 넣었다. 두 번째 편지도 그렇게 차분하게 처리했다. 세 번째 편지에서 그녀의 손이 떨리기 시작했다. 그러더니 갑자기 감정이 격해져서 네 번째, 다섯 번째, 여섯 번째 편지를 연달아 숨도 쉬지 않고 불길 속으로 던져 넣었다.

곧 그녀는 손길을 멈추고 숨을 가쁘게 몰아쉬기 시작했다. 그녀는 전혀 온전한 상태가 아니었다. 그녀는 괴롭고 쓸쓸한 눈으로 불길을 바라보며 가만히 있었다. 아, 내가 대체 뭘 태워버린 걸까! 태우지 않고 남은 건 뭘까! 불안한 마음으로 그녀는 앞에 놓인 편지를 뒤지기 시작했다. 자기 자신을 구하자고 그토록 무정하고 모질게 없애버린 편지는 어떤 편지였지? 서로의 마음을 알기 전, 대담하게 "당신을 사랑해요"라고 말하기 전에 썼던 첫 번째, 제일 첫 번째 편지는 아니었기를.

아니었다! 아니었다! 다행히 그 편지는 거기 있었다. 그녀는 기쁘게 웃으며 그 편지에 입을 맞추었다. 하지만 너무도 소중한, 거리낌 없는 마음이 표현된 또 다른 편지를 잃어버리면 어쩌지? 오래전 그녀의 가슴을 가득 채웠던 뜨거운 열정을 조금도 감추지 않고 그대로 표현한 사랑의 말들이 가득한 그 편지는 이미 수백 번 그랬던 것처럼 여전히 떠올리기만 해도 그녀의 마음이 떨려왔다. 그 편지를 찾은 그녀는 두 손으로 편지를 꼭 감싸 안고 여러 번 입맞춤을 했다. 날카로운 하얀 이로 이름이 쓰인 편지 모퉁이를 찢었다. 찢긴 조각을 입술 사이에 물고, 혀 위에 놓고 마치 하늘에서 보낸 성체라도 되는 듯 향과 맛을 느꼈다.

편지를 전부 없애버리지 않은 것은 얼마나 다행인지! 이 편지들이 없었더라면 남은 날들이 얼마나 쓸쓸하고 공허했을지! 이렇게 편지들을 손에 쥐고 뺨에 가슴에 안을 수 없다는 상상만으로도 이토록 고통스러운데!

그 남자는 맹물 같던 그녀의 피를 포도주로 바꿔놓았고, 그 포도주는 두 사람에게 황홀함을 선물해주었다. 그러나 지금은 그녀가 품고 있는 이 편지들 말고는 다 지나간 과거가 되었다. 그녀는 만족스러운 듯 편안한 숨을 내쉬며 빨갛게 상기된 뺨을 편지 위에 가만히 가져다 대었다.

그녀는 생각하고 있었다. 이 편지들로 인해 날카로운 칼에 찔리는 것보다 더 잔인한 고통을 느낄 한 사람에게 상처를 주지 않으면서 이 편지들을 지킬 방법은 없을까.

마침내 그녀는 방법을 찾아냈다. 처음에 그 생각을 떠올렸을 때는 스스로도 겁이 나고 당황스러웠지만 차근차근 생각해보니 너무도 확실한 방법이라 의심할 필요가 없다는 결론에 도달했다. 물론 죽음이 찾아오기 전에 자기 손으로 그 편지들을 모두 없앨 생각이었다. 하지만 도대체 죽음이란 언제 어떻게 온다는 말인가? 그걸 누가 알 수 있단 말인가? 누구보다 편지의 내용을 알아서는 안 되는 바로 그 사람 손에 편지들을 맡김으로써 비밀이 드러나는 사고가 생길 가능성을 막을 것이다.

그녀는 멍하게 생각에 빠져 있던 몸을 일으켜 흩어진 편지들을 주워 모은 다음 굵은 끈으로 다시 묶었다. 그런 다음 그 편지 묶음을 고급스러운 두꺼운 하얀 종이로 다시 싸고 뒷면에 커다랗고 안정된 글씨체로 이렇게 썼다.

저는 이 꾸러미를 제 남편에게 맡깁니다. 그분의 충실함과 사랑에 완벽한 신뢰를 보내며, 이 꾸러미를 열지 말고 없애줄 것을 부탁합니다.

그 꾸러미는 심지어 밀봉도 하지 않았다. 한 가닥 끈으로만 묶어놓고 그녀 스스로 진정 살아 있다고 느꼈던 날들을 꿈꾸듯 황홀하게 되새기고 싶을 때면 언제라도 풀었다 다시 묶을 수 있도록 했다.

<h1 style="text-align:center">2</h1>

가슴이 찢어질 듯한 슬픔이 처음 밀려왔을 때 그 꾸러미를 보았더라면 그는 한 순간도 망설이지 않았을 것이다. 그녀가 아직 세상에 존재한다는 환상이 그를 온통 휘감고 있을 동안 아무런 의심 없이 즉각 그 꾸러미를 없애는 것이야말로 그녀에 대한 자신의 헌신을 표현하고 사랑을 전하는 마땅한 태도이자 그녀에게 닿는 방법이었을 것이다. 하지만 책상을 열러 가던 도중이었는지 그녀가 책상 열쇠를 움켜쥔 채 바닥에 쓰러져 숨겨 있는 것을 사람들이 발견했던 그 봄날 이후 벌써 몇 달이 지났다.

그날은 공교롭게도 1년 전 그날과 아주 비슷했다. 나뭇잎들이 떨어지고 빛도 희망도 없는 납빛 하늘에서는 비가 하염없이 내리고 있었다. 그는 우연히 그녀의 책상 깊숙한 구석에서 그 꾸러미를 발견했다. 1년 전에 그녀가 그랬던 것처럼 그도 꾸러미를 테이블로 가져와 올려놓고 가만히 서서 눈앞의 메시지를 의아한 시선으로 바라보았다.

저는 이 꾸러미를 제 남편에게 맡깁니다. 그분의 충실함과 사랑에 완벽한 신뢰를 보내며, 이 꾸러미를 열지 말고 없애줄 것을 부탁합니다.

그녀의 생각은 어긋나지 않았다. 젊다고 할 수 없는 그의 얼굴은 충실하고 정직한 인상을 풍기고, 두 눈은 개의 눈 마냥 충직하고 다정해보였다. 키가 크고 힘이 센 사내였다. 조금 얇게 회색으로 변해가는 머리카락, 미소라도 지으면 틀림없이 잘생겨 보일 눈에 확 드는 얼굴을 한 그가 어깨를 조금 숙인 채 거기 난롯불 옆에 서 있었다. 하지만 그는 서두르지 않았다. "열지 말고 없애줄 것"이라는 부분을 그는 조금 목청을 높여 다시 읽었다. '그런데 왜 열지 말라는 거지?

그는 꾸러미를 다시 들어 돌려도 보고 촉감을 느껴도 보고 하다가 그 꾸러미가 여러 통의 편지를 묶어놓은 것이라는 걸 알아챘다.

그래, 그녀가 열지 말고 없애달라고 부탁했던 것들이 이 편지들이군. 그녀는 평생 그에게 무언가 비밀을 숨기고 있는 것 같지는 않았다. 그가 아는 그녀는 냉정하고 열정은 없었지만 진실했으며, 그의 평안과 행복을 살펴주던 사람이었다. 지금 내가 손에 들고 있는 것은 어떤 다른 사람이 그녀에게 고백하면서 지켜줄 것을 부탁했던 비밀인 것일까? 아니야. 그렇지 않아. 그랬더라면 몇 줄 혹은 몇 마디라도 더 써서 그 사실을 밝혀놓았을 거야. 그렇다면 비밀은 그녀 자신의 것이라는 말인데, 이 편지들 안에 뭔가 있어. 그녀는 그 비밀을 자신과 함께 묻고 싶었던 거야.

조금 멀리 떨어진 그늘진 해변에서 긴 세월을 참아내며 두 팔을 벌리고 그가 오기를, 와서 함께 해주기를 기다리고 있는 그녀를 생각할 수만 있었다면, 그는 망설이지 않았을 것이다. 희망 품은 확신을 안고 그는 이렇게 생각했을 것이다. '우리의 영혼이 만나는 그 축

복의 시간에 그녀가 내게 다 말해주겠지. 그때까지 믿고 기다릴 수 있어.' 하지만 그는 그녀가 아득히 머나먼 낙원에서 그를 기다리고 있다는 생각을 할 수가 없었다. 이 우주 어디에도 그녀의 아주 작은 흔적조차 남아 있지 않은 것 같았다. 그녀가 이 세상에 태어나기 전보다 더. 그녀는 자신의 생명이 혈관 속에 살아 흐를 때 말해둔 알수 없는 소망에 담긴 두려운 의미 속에 자신을 드러내놓았다. 모든 걸 파괴하는 죽음이 둘 사이에 닥쳐왔을 때 이 편지 꾸러미가 그에게 닿을 것을 알면서도 그녀는 자신이 한 부탁의 효력을 전적으로 믿었던 것이다. 그녀의 대담하고 훌륭한 행동은 그를 감동시켰을 뿐 아니라 보통 사람들과는 다른 존재인 듯 기쁘고 우쭐한 생각이 들게 해주었다.

여자가 자신의 죽음과 함께 묻고 싶어 할 만한 비밀이라면 하나 말고 뭐가 있겠는가? 그 짐작을 하자마자 남성적 본능인 소유욕이 그의 혈관 속으로 빠르게 침입해 들어왔다. 그의 손에 들린 편지 꾸러미를 잡은 손가락들이 심하게 떨리기 시작했다. 그는 테이블 옆 의자에 깊숙이 몸을 묻었다. 다른 남자가 그녀의 생각, 그녀의 사랑, 그녀의 삶을 그와 공유한 것은 아닐까 하는 의심이 드는 순간 참을 수 없는 고통이 밀려와 명예도 이성도 쓸어가 버렸다. 그는 엄지손가락 끝을 끈 아래로 밀어 넣었다. 한 번만 손가락을 비틀면 '그대의 충실함과 사랑에 대한 완벽한 신뢰'를 완벽하게 배신할 것이다. 글자들은 눈에만 보이는 것이 아니었다. 그의 영혼에 호소하는 목소리 같았다. 괴로움으로 전율하며 그는 그 편지들 속에 얼굴을 묻었다.

그는 언젠가 한 마법사가 편지를 이마에 대고 그 안의 내용을 알아보려고 시도하는 것을 본 적이 있다. 그는 잠깐 동안 강렬하게 소망하면 그런 재능이 그에게도 올 수 있지 않을까 싶었다. 하지만 죽은 여인의 손처럼 차갑게 이마에 닿는 편지 봉투의 미끄러운 감촉만 느껴질 뿐이었다.

삼십 분 정도 그렇게 있던 그는 고개를 들었다. 말로 표현할 수 없는 갈등이 내면에서 휘몰아쳤다. 하지만 충실함과 사랑이 승리했다. 그의 얼굴은 고통으로 창백해지고 깊은 주름이 졌지만 더 이상의 망설임은 보이지 않았다.

그는 그 두꺼운 꾸러미가 불 속에 던져져 혀처럼 날름거리는 불길에 휩싸인 채 한 줌의 재로 변해가는 모습을 보고 싶지 않았다. 그건 그녀가 원했던 것도 아니었다. 그는 몸을 일으켜 테이블 위에 있는 묵직한 청동 문진을 들어 꾸러미에 꽁꽁 묶었다. 그런 다음 그는 창가로 걸어가 아래 거리를 내려다보았다. 어둠은 이미 깔려 있었고, 비도 여전히 내리고 있었다. 비가 창틀에 부딪히는 소리가 들렸다. 거리의 가로등 불빛이 비추는 옅은 노란색 대기에 내리는 빗줄기가 보였다.

그는 나갈 준비를 마치고 집을 나서기 직전 그 묵직한 꾸러미를 외투 주머니에 깊숙이 집어넣었다.

그 시간 무렵 대부분의 사람들이 서둘러 걸음을 옮겼지만 그는 서두르지 않고 신중하게 큰 보폭으로 천천히 걸어갔다. 우산은 쓰고 있었지만 얼굴로 파고드는 추위와 빗줄기는 아랑곳하지 않았다.

그의 집은 도시의 상업지역에서 그리 멀지 않은 곳이어서 얼마 가지 않아 강을 잇는 다리 입구에 도착했다. 물살 센 깊고 넓은 검은 강이 두 주를 나누며 흐르고 있었다. 그는 다리 한가운데로 계속 걸어갔다. 바람은 거세고 날카로웠다. 그가 멈춰 선 곳에는 앞이 안 보일 정도의 짙은 어둠이 내려앉아 있었다. 그가 지나온 도시의 수많은 가로등들은 하늘의 별처럼 거대한 무리가 되어 저 멀리 신비한 수평선 아래로 사라지고 끝없는 암흑의 우주 속에 그 혼자만을 남겨두었다.

그는 주머니에서 편지 꾸러미를 꺼낸 뒤 넓은 돌난간 위로 최대한 몸을 기울여 강으로 던졌다. 꾸러미는 그의 손을 떠나 빠르게 사라졌다. 어둠 때문에 그의 손을 벗어난 편지 꾸러미가 어디로 떨어지는지 볼 수 없었고, 강물에 떨어지는 소리도 들을 수 없었다. 편지 꾸러미는 조용히 사라졌다. 깊이를 알 수 없는 칠흑 같은 우주 속으로 사라지듯. 그는 그녀가 있는 미지의 세계로 그 편지 꾸러미를 되돌려 보낸 것 같았다.

3

한두 시간 후 그는 저녁 식사에 초대한 몇몇 남자들과 식탁에 앉아 있었다. 여자가 자신의 죽음과 함께 묻고 싶어 할 만한 비밀은 딱 한 가지라는 확신, 신념, 중압감이 그의 마음을 내리누르고 있었다. 이 한 가지 생각이 온통 그를 사로잡고 있는 통에 그의 머리는 막연한 의심으로 기민하고 주의깊게 돌아가고 있었다. 그 생각은 마음까지도 움츠러들게 해서 숨을 쉴 때마다 새로운 고통이 밀려왔다.

함께 있는 남자들은 더 이상 예전 그의 친구들이 아니었다. 한 명한 명에게서 그는 연적의 가능성을 발견했다. 그는 멍하게 그들의 이야기를 듣고 있었다. 그는 각각의 친구들에게 부인이 어떻게 대했던가를 기억해내는 중이었다. 그들이 나누었던 대화, 그 당시에는 미처 의심하지 못했던 무언가 의미를 담은 미묘한 표정들, 일상적 사교의 예의로 주고받던 말 속에 숨은 의미들, 이런 것들을 하나하나 되짚어 생각하고 있었다.

그는 대화의 주제를 슬며시 여성 쪽으로 몰고 가면서 남자들의 의견과 경험들을 살폈다. 남자들은 각자 어떤 여성이라도 자기를 틀림없이 사랑하게 만들 수 있는 분명한 능력이 있다고 허풍을 떨었다. 그는 전에도 지금 이 남자들과 함께 한 자리에서 그런 시시껄렁한 소리를 들은 적이 있지만 언제나 대범하게 무시하며 대처해왔다. 하지만 오늘 밤은 말도 안 되는 엉터리 같은 온갖 이야기가 새로운 의미로 다가오면서 이제까지 그가 한번도 고려하지 못했던 가능성들을 드러내고 있었다.

그들이 다 가고 나자 그는 비로소 안도했다. 계속 혼자 있고 싶었다. 하지만 잠을 자고 싶다거나 하는 마음은 전혀 없었다. 그는 그녀의 방에 다시 가보고 싶어 참을 수가 없었다. 그녀가 삶의 대부분을 보냈던 곳이자 그가 그 편지들을 발견했던 바로 그곳. 분명히 어딘가에 편지가 더 있을 거야. 도저히 거부할 수 없는 명령에 의해 부주의하게 놓아두고 깜빡 잊은 편지의 일부라거나 생각을 써두거나 표현해놓은 무언가.

잠자리에 들 시간이 되었을 때, 그는 아내의 책상 앞에 앉아 여닫이, 미닫이 서랍, 작은 선반, 구석, 모퉁이들을 뒤지기 시작했다. 작은 종이쪽지까지 하나도 빼놓지 않고 다 읽었다. 그가 찾아낸 편지들 가운데 상당수가 오래된 것이었다. 어떤 것은 그도 이미 읽은 적이 있었다. 처음 보는 것들도 있었다. 하지만 자신의 아내가 진실하지 못하거나 부정한 사람이었다는 아주 작은 증거조차 보이지 않았다. 그가 언제나 믿었던 그대로였다. 그렇게 소득 없는 탐색이 다 끝나기도 전에 밤이 거의 다 지나갔다. 짧고 불편한 잠에 깜빡 빠져들었다가 내내 검은 강물이 밀려와 자신의 심장과 야망, 인생까지 몽땅 쓸고 내려가는 소리가 들리고 그 모습까지 어렴풋하게 보이는 불안하고 기이한 꿈에 시달렸다.

하지만 그는 여인이 자신의 감정을 배반하는 것이 편지에만 있는 것은 아니라는 생각이 들었다. 종종 그는 여인들이 특히 사랑에 빠졌을 때 시집이나 산문 책에 있는 즉흥적이고 감상적인 문구들에 표시해놓고 그렇게 자기 자신의 비밀스러운 생각을 표현하거나 드러낸다는 것을 알고 있었다. 그녀도 같은 행동을 하지 않았을까?

그러자 첫 번째보다 훨씬 더 소모적이고 힘든 두 번째 수색이 시작되었다. 이번에는 그녀의 방에 가득한 소설, 시, 철학책까지 페이지마다 샅샅이 넘겨보았다. 그녀는 그 많은 책들을 모두 다 읽었던 모양이다. 하지만 어디에서도 저자가 그녀의 비밀, 그가 손에 들고 있다가 강물로 던져버렸던 바로 그 비밀을 소리 내어 알려주는 흔적은 없었다.

그는 아주 조심스럽게 이 남자 저 남자에게 차례차례 넌지시 에둘러 질문하면서 자신의 아내에 대해 어떻게 생각했는지 알아보기 시작했다. 제일 먼저 그가 알게 된 사실은 그녀의 쌀쌀한 태도 때문에 남자들이 마음을 나눌 수 없었다는 것이었다. 한 친구는 그녀의 지성을 존경했다. 다른 친구는 그녀의 재능을 존경했고, 세 번째 친구는 병들기 전 그녀는 아름답기는 했지만 따뜻한 표정과 말투가 부족한 것이 아쉬웠다고 말했다. 몇몇은 그녀의 우아함과 친절함을, 다른 이들은 명민함과 재치를 칭찬했다. 남자들로부터 무언가를 찾아내려는 시도는 아무 소용이 없었다. 어쩌면 그 자신도 이미 알고 있었는지 모른다. 이제 뭔가 알고 있는 것을 말해줄 사람들은 여성들이었다. 여성들은 솔직하게 숨김없이 말해주었다. 대부분은 그녀를 사랑했다. 사랑하지 않는 이들이라도 그녀를 존경하고 존중했다.

4

그러나, 그러나 '여자가 자신의 죽음과 함께 묻고 싶어 할 만한 비밀은 딱 한 가지'라는 생각이 계속 그를 괴롭히며 그의 휴식을 앗아갔다. 반신반의하며 보내는 낮과 밤이 지속되면서 그는 천천히 무기력해지고 고통 속에 빠져들었다. 그가 두려워하는 최악의 상황이라도 확인하고 확신할 수만 있다면 그는 기꺼이 받아들일 수 있을 것 같았다. 그로 인해 행복은 잃어버리는 대가를 치르겠지만.

사람들이 오고 가고, 세상에서 출세하고 몰락하고, 결혼하고 죽고 하는 일들이 그에게는 더 이상 중요하지 않았다. 우연히 돈이 생기거나 빠져나가는 것도 큰 의미가 없었다. 세상이 남자들의 유흥을 위해 제공하는 온갖 것들도 그에게는 공허하고 무의미하게 보였다. 그 앞에 놓인 음식과 술도 맛과 향을 잃었다. 해가 비쳐도 구름이 낮게 드리워도 그는 더 이상 알지도 못했고 신경도 쓰지 않았다. 잔인한 우연이 그의 가장 약한 부분을 강타해 그의 전 존재를 부숴버리고 그의 영혼에 단 하나의 소망, 즉 자기 손에 들고 있다가 강물에 던져버린 바로 그 비밀을 알아내야겠다는 단 하나의 욕망만을 남겨두었다. 그 욕망이 그의 영혼을 갉아먹고 있었다.

하늘에 별 하나 빛나지 않는 깜깜한 어느 날 밤, 그는 불안하고 피곤한 상태로 거리를 헤매다녔다. 그는 남자들과 여자들로부터 그들이 말하지도 않고 말할 수도 없는 이야기를 알아내려고 더 이상 애쓰지 않았다. 오직 그 강만이 알고 있다. 그는 다시 그 다리 위로 갔다. 오래전 어둠이 그를 감싸고 그의 남성다움을 삼켜버린 바로 그 날 밤 이후 무수히도 가서 서 있곤 했던 바로 그 다리 위에.

오직 그 강만이 알고 있다. 강물이 소리를 내며 흐르고 있었다. 그는 그 소리에 귀를 기울였다. 강은 그에게 아무 말도 하지 않았다. 하지만 강은 모든 것을 약속했다. 그는 들을 수 있었다. 위무하는 목소리로 평화와 달콤한 평안함을 약속하는 강물의 소리를. 그는 들을 수 있었다. 모든 것을 쓸고 가며, 그를 부르는 강물의 노랫소리를.

잠시 후 그는 그녀와 그녀의 비밀이 묻힌 영원한 휴식 속으로 그녀를 찾아 떠나갔다.

첫 번째 단편집 『셀레스틴 부인의 이혼』(푸른사상사, 2019)과 마찬가지로 이번 작품집에도 19세기 중후반 미국 남부 루이지애나 사람들의 소박한 삶과 사랑 이야기가 가득 담겼다. 주제와 소재 면에서 이번 작품들은, 소박한 바이우 사람들에 대한 묘사, 남부 특유의 흑인 노예와 주인의 현실적 관계에 대한 스케치, 그리고 쇼팽 소설의 중요한 소재인 남녀의 사랑, 그에 얽힌 갈등과 복잡한 심리에 대한 섬세한 터치 등으로 분류해볼 수 있다.

바이우 사람들

바이우 사람들이라는 주제로 묶어 분류할 수 있는 작품으로는 「겨울이 지나고」, 「아주 멋진 바이올린」, 「돌연한 깨달음」, 「가정사」, 「칠면조 수색」, 「불로와 불롯」, 「테시 바이우의 신사」, 「작은 시골 소녀」, 「사빈에서」 등을 들 수 있다. 이들 작품에서는 다양한 바이우 사람들의 생생한 초상화가 그려지는데, 특히 가난한 삶 속에서도 따스한 인간적 품성을 잃지 않은 소박한 인물들에 초점이 맞춰진다.

「겨울이 지나고」에서는 남북전쟁 후 고향에 돌아와 가족마저 잃은 채 두려움과 분노 속에 홀로 은둔하며 "고독을 운명이라고 여기는 야인"처럼 살아가던 무슈 미셸이 "영혼 속에 되살아난 인간적 공감과 교류에 대한 맹렬한 갈구"를 느끼는 변화가 감동적으로 그려진다. 그가 성당에 찾아 들어가 영광송을 듣고 감정의 변화를 겪는 장면은 특히 인상적이다. 그러나 더욱 잊을 수 없는 인물은 25년이라는 긴 세월 동안 미셸을 위해 농지를 지켜준 듀플랑이었다. 그는 다시 사람들 사이로 돌아온 무슈 미셸에게 "과거는 다 잊어버리게, 미셸. 새로운 삶을 시작하는 거야."라며 그의 새 삶을 인도한다.

듀플랑의 사려 깊은 태도는 「돌연한 깨달음」에서 잃어버린 줄 알았던 롤로테를 찾아 그녀의 아버지 실베스트에게 데려오는 장면에서도 나타난다. 그는 이 두 작품 속에서 따스한 마음과 연민을 지닌 바이우 사람의 한 전형을 보여준다.

「테시 바이우의 신사」에 등장하는 아카디아인 에바리스트는 호수에 빠진 아이를 구하고도 그저 당연한 듯 여기며 자신에게 고마워하는 아이의 아버지의 호의를 오히려 어색하고 부끄러워하는 소박한 인물이다. 글을 모르는 그는 자신을 '테시 바이우의 영웅'이라 부르는 사람들에게 '테시 바이우의 신사'라고만 말해달라고 전하면서 수줍어한다.

「사빈에서」의 그레구아는 버드 에이켄에게 구박 받으며 힘든 결혼생활을 하고 있는 고향 아가씨 티테 렌의 딱한 사정을 지나치지 못하고 그녀를 에이켄에게서 구해준다.

이들 모두가 한결같이 품고 있는 것은 사람에 대한 사랑과 연민, 그리고 소박하고 진실한 삶에 대한 믿음이다. 이들 인물에게는 종교의 역할도 한몫한다. 「겨울이 지나고」의 무슈 미셸과 「아침 산책」의 아치볼드는 성당의 미사를 통해 변화하는 자신을 느끼는데, 이는 신이라는 절대 존재와 그에 대한 바이우 사람들의 무한한 믿음이 주는 종교의 순기능을 상징적으로 보여주는 장면이라고 할 수 있다.

흑인 노예와 백인 주인의 관계

이 작품집에는 남부 지방의 노예제도와 그 영향을 보여주는 이야기도 등장한다. 특히, 노예였던 흑인과 백인 주인 사이의 관계를 보여주는 작품에서 이러한 점은 두드러진다. 아주 짧은 장편(掌篇) 「늙은 페기 아줌마」의 페기는 남북전쟁이 끝나고 노예해방이 되어 자유인이 된 다음에도 주인을 계속 찾아간다. 이는 한편으로는 당시에 문제가 되었던 해방노예들의 자립 불가능성과 종속의 속성을 보여준다는 비판을 받을 여지도 있다. 하지만, 다른 한편으로는 페기와 주인 내외와의 관계에는 노예와 주인의 종속 관계만이 아니라 상호 신뢰와 믿음이라는 인간적 관계가 존재한다는 것을 놓치지 않는 쇼팽의 시선이 담겨 있다고 이해하는 것도 가능하다.

이런 특성을 더욱 두드러지게 보여주는 인물은 「베니토의 노예」

에 등장하는 늙은 흑인 오즈월드이다. 해방된 지 50년이 지난 뒤에도 여전히 베니토 가문의 소유라고 생각하는 그는 끊임없이 자신을 보살피는 무슈에게서 도망쳐 이미 뿔뿔이 흩어진 베니토 가문의 사람들을 찾아가려 한다. 그리고 마침내 그 지방에 남은 단 한 명의 베니토 가문의 여인에게 찾아가 그녀와 딸의 하인이 된다. 그는 끝까지 자신을 "제 이름은 오즈월드입니다, 부인. 오즈월드, 그게 제 이름입죠. 저는 베니토 댁 하인입지요."라고 소개한다. 이 장면에서 독자들은 아마 몹시 당혹스러울 것이다. 역자 또한 마찬가지였다.

사실 이러한 일은 남북전쟁 후 미국 남부에서는 특별한 일이 아니었다고 한다. 몇 세대가 넘도록 노예로 지내온 흑인들, 태어나면서부터 계속 노예이기만 흑인 주체들이 자신이 정체성을 어떻게 규정했을까 하는 점은 충분히 짐작하고도 남음이 있다. 그러나 쇼팽이 이 작품에서 오즈월드 같은 인물을 그려내는 것은 그런 태도가 정당하다거나 당연하다는 것을 말하려는 것이라기보다는 작가인 쇼팽이 살던 당시의 솔직한 현실을 보여주는 것으로 이해하는 것이 더 올바른 평가라고 생각한다. 당위의 모습을 보여주는 것이 작가의 역할이기도 하지만 때로는 가슴 아프더라도 현실을 있는 그대로 보여주는 것 또한 작가의 자세이기도 할 것이다. 쇼팽의 발은 지금의 땅이 아니라 남북전쟁이 끝난 당시의 대지를 밟고 있었던 것이라는 점을 되새길 필요가 있다.

「슈숏 도련님을 위하여」의 흑인 소년 워시에게서는 조금 다른 면모가 드러난다. 슈숏 도련님을 모시는 워시는 미국의 우편배달을 하게 된 주인이 자랑스럽고 부럽다. 하지만 슈숏은 자신의 일에 집중하기보다는 무심하고 놀기 좋아하는 청년이었다. 어느 날 무도회에 정신을 빼앗긴 슈슷은 우편 행낭을 실은 마차를 두고 무도회에 폭 빠졌다가 그만 우편 행낭 마차를 잃어버린다. 혼비백산, 우편 행낭을 찾아 역으로 달려갔지만, 우편 행낭은 안전하게 뉴얼리언즈로 가는 열차에 실려 떠났다. 슈슷이 무도회에 정신이 팔린 사이, 워시가 마차를 몰아 기차 시간에 늦지 않고 우편 행낭을 전달한 것이다. 그러다 워시는 기차에 부딪혀 사고를 당해 큰 부상을 입고 말았다. 하지만 병상에 누운 워시는 여전히 슈슷을 지켜줄 생각만 하고 있다.

워시의 태도 또한 비판적인 측면에서 볼 수 있는 여지는 있다. 자신보다 백인 주인을 먼저 생각하는 워시의 태도를 종속성이 내재화된 것으로 볼 수 있는 면이 충분하다. 그럼에도 불구하고, 워시의 인간적인 측면에 주목하면서 슈슷에 대한 그의 헌신을 노예로서만이 아니라 한 인간이 다른 인간에게 보이는 진실한 태도로 볼 수 있는 여지는 없는 것일까. 물론, 어떠한 경우라도 그 전제는 두 사람 사이의 평등한 인간적 관계가 먼저여야 한다는 것은 자명하다. 그러나 쇼팽이 이런 인물들을 그린 것이 노예와 주인의 종속 관계를 정당화하기 위한 것인 아니라 당대의 현실 속에서 흑인 주체들이 보이는 인간적 태도를 있는 그대로 보여주기 위한 것이라고 볼 수 있을 여지는 없을 것일까. 다른 많은 작품에서와 마찬가지로 이 점은 케이트 쇼팽의 작품이 우리에게 던져주는 진지한 생각거리인 것이 사실이다.

사랑, 부부 그리고 남녀의 심리

케이트 쇼팽의 두 번째 작품집에는 남녀 간의 사랑, 인간적 신뢰, 내면의 갈등과 관련된 인상적인 작품이 담겨 있다.

맨 앞에 실린 「사랑의 힘」은 겉으로는 최면(실제 작품의 원 제목이 "A Mental Suggestion"이기도 하다)을 주제로 하고 있지만, 진짜 내용은 남녀 간에 생겨나는 신비한 사랑의 힘에 관한 것이다. 최면에 심취해 있는 돈 그레이엄은 잠깐 여행을 떠나게 되었을 때 자신의 약혼녀 폴린을 싫어하는 친구 페버햄에게 폴린을 매력적인 여성으로 생각하도록 최면을 건다. 폴린을 잘 돌봐주기를 바라는 마음에서였다.

그의 최면은 효력을 발휘한다. 그것도 아주 잘. 폴린을 몹시 싫어하던 페버햄과 그런 페버햄에게 무관심했던 폴린, 두 사람은 그레이엄이 없는 사이에 많은 시간을 함께하면서 서로에게 호감을 갖게 되고 그 호감은 마침내 사랑으로 발전한다. 여행에서 돌아와 폴린에게서 그레이엄을 사랑하게 되었다는 고백을 들은 그레이엄은 순순히 폴린을 떠나보낸다. 결국 페버햄과 폴린, 두 사람은 결혼을 하는데, 문제는 그레이엄은 그것이 자신의 최면의 힘 때문이라고 생각하고 다시 최면을 통해 두 사람을 이전 상태로 돌려놓을 수 있을 것이라고 믿는다는 것이다. 하지만 그가 모르던 것이 있었으니, 사랑이라는 불가사의한 힘은 "우주의 어떤 힘에도 맞서 그 자신의 것을 지키고 소유하려는 의지, 사랑은 바로 그 마음에 존재"한다는 사실이었다. 그의 최면은 여전히 강력했으나 사랑은 훨씬 더 강력한 힘이었으니 그의 최면은 더 이상 그들에게 통하지 않았다. 이 작품은 남녀 간의 심리, 특히 폴린의 편지를 통해 드러나는 여성의 심리변화에 대한 섬세한 묘사가 두드러진다.

「사랑의 힘」이 여성의 심리에 대한 묘사가 두드러진 작품이라면, 표제작이자 마지막에 실린 「그녀의 편지」는 갈등하는 남성의 심리 묘사가 인상적이다. 아내의 갑작스러운 죽음 뒤에 우연히 발견한 편지 꾸러미와 겉면에 쓰인 문구. "저는 이 꾸러미를 제 남편에게 맡깁니다. 그분의 충실함과 사랑에 완벽한 신뢰를 보내며, 이 꾸러미를 열지 말고 없애 줄 것을 부탁합니다."

남편은 자신에 대한 부인의 믿음에 고마워하면서도 비밀로 가득한 편지 꾸러미에 대한 호기심을 버릴 수 없어 갈등한다. "열지 말고 없애줄 것"이라는 구절이 특히 그의 마음을 잡아끈다. 열어보고 싶은 열망과 부인의 믿음을 지켜주고 싶은 소망 속에서 갈등하던 그는 결국 부인의 믿음을 따르기로 하고 그 편지 꾸러미를 강물에 던져버리고 만다. 하지만 더 큰 갈등과 고뇌가 찾아왔다. 그는 그 편지에 담긴 비밀이 아내의 비밀이라는 사실을 확신하며 자기 친구들 가운데 누군가와 아내의 불륜을 의심하기 시작한다. 그들을 초대해 고인이 된 아내에 대한 추억들을 짐짓 끄집어내며 그들의 반응을 살피고, 생전의 아내에 대한 그들의 생각을 묻기도 한다. 그러나 아무런 소득이 없자, 이번에는 아내가 남긴 다른 흔적들을 뒤져 자신의 의심을 풀어보려 한다.

소설의 처음에 언급되듯 그 편지 꾸러미는 부인이 다른 남자와 사랑에 빠졌던 시절에 주고받았던 연서들이었다. 병약했던 부인은 자신의 예기치 못한 죽음에 대비해 가장 안전하고 믿을 만하다고 판단한 남편 앞으로 그 편지를 남겨놓은 것이었다. 결국 편지의 내용을 확인하지 못하고 강물에 던져버렸던 남자의 행동은 그를 견딜 수 없는 불안과 의심과 불면의 밤으로 이끌었고, 결국 그는 마지막 선택을 한다. 이 작품에서 보이는 남자의 심리 변화는 대단히 사실적이고 섬세하며 인상적이다. 마지막 그의 선택 또한 그 어떤 소설의 결말보다 인상적이다. 인간 심리에 대한 섬세하고 탁월한 감수성이 그대로 드러나는 수작이라고 할 수 있다.

이 밖에도 이번 작품집에는 독특한 실험소설과 같은 작품도 두 작품 들어 있다. 하나는 마치 격언이나 일기 같은 쇼팽 특유의 사유를 보여주는 극히 짧은 한 페이지 분량의 작품 「성찰」이며, 다른 한 작품은 궐련을 소재로 한 독특하고도 몽환적인 환상을 다룬 「이집트산 궐련」이다. 두 작품은 전통적인 소설가로서 쇼팽뿐 아니라 실험적인 측면도 지니고 있는 그녀의 다양한 상상력의 표출을 보여준다고 할 수 있다.

- 1850년 2월 8일 세인트루이스에서 아버지 토머스 오플레허티(Thomas O'Flaherty)와 그의 두 번째 부인이었던 어머니 엘리자 패리스(Eliza Faris) 사이에서 첫째 딸로 출생했다. 본명은 캐서린 오플레허티(Catherine O'Flaherty). 그녀 위로는 배다른 오빠인 조지(George O'Flaherty)가 있었다.

- 1853년 여동생 메리(Mary Thérèse O'Flaherty)가 태어났지만 콜레라에 걸려 이내 사망했다.

- 1854년 여동생 제인(Jane O'Flaherty)이 태어났다.

- 1855년 세인트루이스에 있는 성심기숙학교(Sacre Heart Academy)에 입학했다. 평생의 친구인 키티 가레슈(Kitty Garesche)를 만났다. 같은 해 11월에 부친 토머스 오플레허티가 열차 사고로 사망하면서 다니던 성심기숙학교를 중퇴했다. 증조모 빅토리아 샤를르빌(Victoire Verdon Charleville)에게 프랑스어, 피아노 등 가정교육을 받기 시작했다.

- 1856년 여동생 제인이 사망했다.

- 1857년 성심기숙학교에 부정기 학생으로 등록한 후 1868년까지 재학했다.

- 1861년 이복 오빠인 조지가 분리 독립을 지지하는 미주리 보병부대에 입대했다.

- 1862년 조지가 미주리에서 포로로 잡혀 미시시피에 갇혀 있던 북군 포로와 교환, 석방되었다.

- 1863년 증조모 빅토리아가 사망했다. 이복 오빠 조지가 아칸사(Arkansa)에서 장티푸스에 걸려 사망했다. 북군 병사들이 케이트 쇼팽의 친구인 엘리사에게 미합중국 국기를 흔들 것을 강요하면서, 거부할 경우 집을 불태우겠다고 협박했다. 이때 케이트는 깃발을 감추었다가 발각되어 잠깐 구속되었다. 오플레허티 가의 노예들이 모두 도주했다.

- 1865년에서 1866년까지 세인트루이스의 아일랜드 게토 지역인 케리 패치(Kerry Patch) 근교에 있는 방문학교(Academy of the Visitation)에 다녔다.

- 1866년부터 1868년까지 성심기숙학교에서 정식 학생으로 공부해 1868년 졸업했다.

- 1868년 독일과 프랑스 문학을 공부했다. 세인트루이스의 사교계 데뷔 무도회에서 오스카 쇼팽(Oscar Chopin)을 만났다. 뉴올리언스를 방문하기 시작했다. 이 무렵 「해방 : 인생 우화(Emancipation: A Life Fable)」를 썼다.

- 1870년 6월 9일 오스카 쇼팽과 결혼했다. 결혼 후 9월까지 독일, 스위스, 프랑스 등으로 신혼여행을 다니면서 여행 일기를 기록했다. 돌아와 뉴올리언스에서 신혼 살림을 시작했다.

- 1871년, 남편 오스카가 면화 도매상으로 성공한다. 5월에 아들 장(Jean Baptist Chopin)이 태어났다.

- 1873년 9월 아들 찰스(Oscar Charles Chopin)가 태어났다. 12월에 오빠 토머스(Thomas O' Flaherty Jr.)가 마차 사고로 사망했다.

- 1874년 남편 오스카가 뉴올리언스의 백인 우월주의자 군대에 들어가 리

버티 플레이스(Liberty Place) 전투에 참여했다. 아들 프랜시스(George Francis Chopin)가 태어났다.

- ▪▪ 1876년 1월 아들 프레더릭(Frederick Chopin)이 태어났다.

- ▪▪ 1878년 1월 아들 펠릭스(Felix Andrew Chopin)가 태어났다. 면화 수확이 흉작이 들어 남편이 많은 돈을 잃었다.

- ▪▪ 1879년 면화 중개업에 실패한 남편을 따라 시아버지의 유산인 농장이 있는 내커터시(Nachitoches Parich)로 이주했다. 그곳은 그녀의 단편소설의 주된 배경이 되었다. 딸 마리아(Maria Laïza Chopin)가 태어났다.

- ▪▪ 1882년 12월 남편 오스카가 사망했다. 케이트 쇼팽은 12,000달러의 빚을 떠안은 채 남편의 가게를 운영했다.

- ▪▪ 1882년 부유한 농장주이자 유부남인 샘파이트(Albert Sampite)와 교제했다.

- ▪▪ 1884년 가족들을 데리고 세인트루이스로 이주해 어머니와 함께 생활했다.

- ▪▪ 1885년 어머니 엘리자가 사망했다. 주치의 콜벤헤이어 박사(Dr. Kolbenheyer)의 권유로 소설을 쓰기 시작했다.

- ▪▪ 1886년 세인트루이스에 집을 구해 이사했다. 그 무렵부터 종교적으로는 여전히 가톨릭이었지만 성당에 적극적으로 참여하여 활동하는 것은 그만두었다.

- ▪▪ 1888년 「릴라 : 폴카 피아노곡(Lila: Polka for Piano)」을 발표했다. 「쓸모없는 크리올 사내(A No-Account Creole)」의 초고를 집필했다. 출판을 위한 집필과 함께 모파상(Guy de Maupassant)의 소설을 연구하기 시작했다.

- ▪▪ 1889년 시 「만약 그렇다면(If It Might Be)」을 발표했다. 처음으로 인쇄된 작품인 「논점!(A Point at Issue!)」을 발표했다.

- ▪▪ 1890년 『실수(At Fault)』를 자비로 출판했다. 엘리엇(T.S. Eliot)의 모친인 샬

럿 엘리엇(Charlotte Stern Eliot)이 창립한 '수요 여성 박애주의자 문화 클럽(Women's philanthropic and cultural Wednesday Club)'의 창립 멤버로 참여했다.

- 1890년부터 1891년까지 두 번째 소설인 「영 닥터 고세(Young Dr. Gosse)」를 집필했다.

- 1891년 놀라운 속도로 단편소설들을 출판하기 시작했다.

- 1892년 '수요 클럽'에서 탈퇴했다.

- 1894년 1월 『보그(Vogue)』 창간호에 소설 두 편을 실었다. 3월 『바이우 사람들(Bayou Falk)』이 출판되었다. 일기책인 「인상(Impressions)」을 집필하기 시작했다. 인디애나에 자리한 '서부작가협회(Western Association of Writers)'에 가입하여 『서부 작가 협회』를 출간했다. 모파상의 소설 여덟 편을 번역했다.

- 1895년 3월 번역한 모파상의 소설 출판을 시도하지만 실패했다.

- 1897년 11월 『아카디아에서 하룻밤(A Night in Acadia)』을 출판했다.

- 1898년 시카고에서 문학 편집자를 구하려고 애쓰는 한편 소설집 『소명과 목소리(A Vocation and a Voice)』를 출간하고자 했지만 실패했다.

- 1899년 4월 『각성(The Awakening)』을 출판했다. 작품에 관한 부정적인 평가가 다수였다.

- 1899년부터 1900년까지 루이지애나를 방문했다.

- 1900년 『미국 인명사전(Who's Who in America)』에 이름이 올랐다.

- 1902년 아이들에게 재산을 유증하는 유언을 작성했다. 그녀의 마지막 소설인 「폴리(Polly)」를 발표했다.

- 1904년 세인트루이스 세계박람회를 방문한 후 뇌출혈로 자택에서 사망했다. 세인트루이스의 캘버리(Calvary) 공동묘지에 안장되었다.

- 1953년 프랑스 비평가인 아나봉(Cyrille Arnavon)이 『각성』의 프랑스어 번역판인 『에드나(*Edna*)』를 출판했다.

- 1969년 오슬로 대학의 세이어스테드(Per Seyersted)가 『케이트 쇼팽 : 비평적 전기(*Kate Chopin: A Critical Biography*)』와 두 권으로 된 『케이트 쇼팽 작품 전집(*The Complete Works of Kate Chopin*)』을 출판했다.

- 1975년 『케이트 쇼팽 소식지(*Kate Chopin Newsletter*)』가 발행되었다. 이 소식지는 1977년까지 같은 이름으로 발행되다가 『지역주의와 여성적 상상력(*Regionalism and the Female Imagination*)』으로 제목을 바꿔 계속 발행되었다.

- 1974년 12월에 뉴욕에서 개최된 현대언어학회(Modern Language Association)에서 제1회 쇼팽 세미나가 열렸다.

- 1975년 12월에 샌프란시스코에서 개최된 현대언어학회에서 제2회 쇼팽 세미나가 열렸다.

- 1999년 〈북미 케이트 쇼팽 학회〉가 출범했다.

- 2004년 〈국제 케이트 쇼팽 학회〉가 출범했다.

케이트 쇼팽의 첫 번째 단편집 『셀레스틴 부인의 이혼』(푸른사상사, 2019)에 이어 또 다른 단편들을 묶은 두 번째 단편집을 내놓는다. 케이트 쇼팽은 『각성(*Awakening*)』이라는 장편을 통해 페미니스트 작가로 국내에 알려졌고, 「한 시간 동안의 이야기(A Story of An Hour)」, 「데지레의 아기(Desiree's Baby)」 같은 뛰어난 단편이 영문학 강의실에서 읽히기는 했지만, 그녀의 많은 작품들이 대중들에게 널리 알려지지 않은 것도 사실이었다. 『셀레스틴 부인의 이혼』을 통해 그녀의 단편들을 처음으로 엮어내고 자세한 해설을 통해 케이트 쇼팽을, 특히 그녀의 단편들을 국내 독자들에게 소개했다고 자부하는 역자로서는 두 번째 작품집의 출판이 더욱 뜻깊다.

푸른사상사와 함께 케이트 쇼팽의 100여 편에 가까운 단편 전체를 번역하여 국내에 소개하려는 작업을 하고 있는 역자에게 한 편한 편 작품을 옮기고, 이렇게 한 권의 작품집으로 묶어내 독자들에게 선보이는 일은 참으로 기쁘고 의미 있는 작업이다.

케이트 쇼팽의 단편을 읽고 토론하는 세미나를 함께 진행해온

〈번역공방〉 회원들의 도움이 컸다. 특히 권민정, 오연용, 두 회원에게 감사 드린다. 두 분의 적극적인 참여와 토론이 작품을 더 깊게 읽고 문장을 다듬는 데 큰 도움이 되었다. 꼼꼼하게 원고 교정을 도와준 박현숙 씨에게도 고마움을 전한다.

케이트 쇼팽의 작품에 가득한 쉽지 않은 남부 방언들과 쇼팽 특유의 훌륭한 표현들을 잘 전달하기 위하여 최선을 다했지만 부족한 부분이 있다면 그 책임은 전적으로 역자에게 있다. 케이트 쇼팽의 이 단편집이 많은 분들에게 닿기를 바라며, 독자 여러분들의 아낌없는 질정과 함께 앞으로 계속 이어 나올 케이트 쇼팽의 단편과 작가 케이트 쇼팽에 대해 많은 관심과 사랑을 부탁드린다.

2021년 8월

여국현